KB115117

마체의 신화

마계의 신화 4

박선우 현대 판타지 소설

초판 1쇄 찍은 날 § 2019년 12월 26일
초판 1쇄 펴낸 날 § 2019년 1월 2일

지은이 § 박선우
펴낸이 § 서경석

총괄팀장 § 노종아
편집책임 § 김대용
디자인 § 소소연

펴낸곳 § 도서출판 청어람
등록번호 § 제387-1999-000006호
등록일자 § 1999. 5. 31
어람번호 § 제1-3072호

주소 § 경기도 부천시 부일로 483번길 40 서경B/D 3F (우) 14640
전화 § 032-656-4452 팩스 § 032-656-4453
http://www.chungeoram.com
E-mail § chungeorambook@daum.net

ⓒ 박선우, 2019

ISBN 979-11-04-92111-7 04810
ISBN 979-11-04-92064-6 (세트)

※ 파본은 구입하신 서점에서 교환하여 드립니다.
※ 저자와 협의하여 인지를 붙이지 않습니다.
※ 이 책은 도서출판 청어람과 저작자의 계약에 의해 출판된 것이므로,
   무단 전재 및 유포·공유를 금합니다.

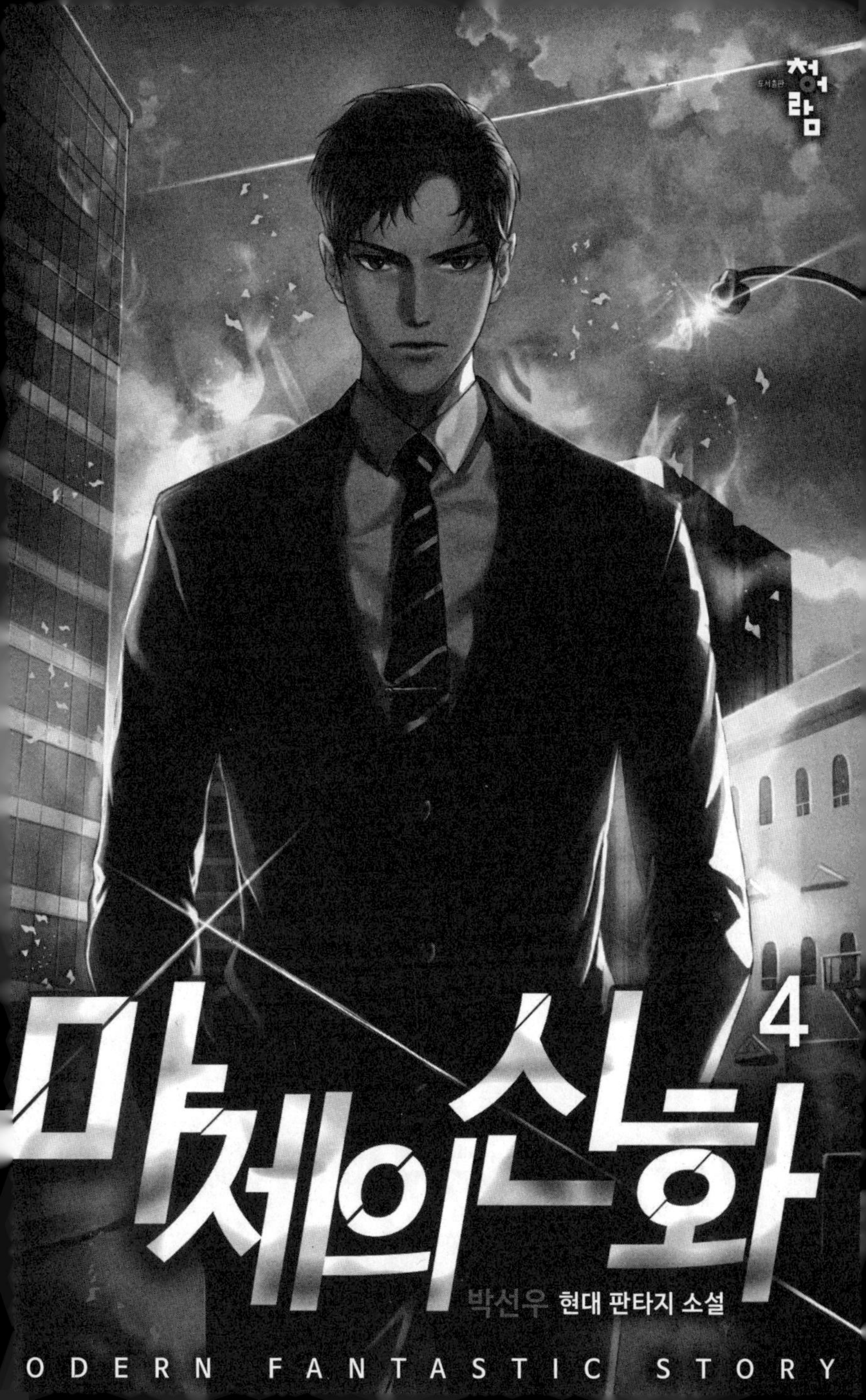

도서출판 청어람
마제의 신화
4
박선우 현대 판타지 소설
ODERN FANTASTIC STORY

Contents

제27장

장악 II

　서늘한 바람이 분다.

　양쪽 병력이 대치된 청와대엔 무서운 정적이 짙게 내려앉았고 뭉텅거리며 새어 나오는 살기로 인해 차가운 대지의 황량함을 더욱 시리게 만들었다.

　얼마 만에 느끼는 가슴의 요동침인가.

　나는 이런 세상에서 살았고, 이런 세상을 통해 나를 성숙시켰으며 더없이 강한 전사로 태어났다.

　문호량이 강신쾌와 대화를 한 후 돌아오는 게 보였다.

　웃음 하나 담겨 있지 않은 간단한 대화였으니 상황이 변했을 리 없다.

무겁다.

천천히 걸어서 돌아오는 문호량의 얼굴은 더없이 침중했는데, 그 옛날 마지막 결전을 할 때와 비슷한 표정이었다.

안다.

왜 그의 얼굴이 변했는가를.

맞은편에서 이쪽을 향해 적의를 보이고 있는 자들은 처음 온 병력과는 근본적인 무력 차이가 있다.

더군다나 중간 중간에 서 있는 자들에게서 나타나는 기운은 거센 폭풍처럼 느껴질 만큼 압도적이었다.

불안했겠지.

어쩌면 평생 동안 애써 키운 병력을 한순간 잃어버릴지 모른다는 불안감이 문호량의 얼굴을 이토록 힘들게 만들었을 것이다.

"정유야, 5분 후에 시작하는 것으로 했다."

"응."

"난 널 믿는다. 넌 날 한 번도 실망시킨 적이 없으니까. 그렇지?"

"뭘 말하고 싶은 거야?"

"이젠 말해봐. 내가 아는 너는 절대 이렇게 무모할 짓을 할 놈이 아니야. 너한테 무슨 일이 벌어졌는지 말해줘."

확인하고 싶었을 게다.

최악의 상황으로 만든 자신의 결정이 만들어낼 결과에 대해.

그랬기에 한정유는 천천히 문호량의 얼굴을 바라보며 웃음을 만들어 냈다.

"금룡개안."

"정말이냐!"

한정유의 말을 들은 문호량의 눈이 찢어질 것처럼 변했다.

금룡개안.

섬전십삼뢰의 마지막 초식 천붕이 펼쳐질 때 금룡이 눈을 뜨는 현상을 말한다.

그것은 한정유가 백회혈을 뚫고 지천의 경지에 달했다는 것을 의미하는 것이었다.

지천.

과거 한정유가 마제로 불리었던 그 시절, 천하를 폭풍처럼 질주하며 휩쓸던 그 시절의 무력이 완벽하게 되살아났다는 의미.

금룡개안이란 말을 들은 문호량의 얼굴이 서서히 일그러졌다가 원래대로 변했다.

하지만, 그 얼굴에 자리 잡은 건 이전과 다른 강한 자신감이었다.

"푸하하하! 정유, 그럴 줄 알았다. 그럴 거라 생각했어……."

"저놈들 시작할 모양이군."

"어쩌려고?"

"내가 먼저 하지. 처음부터 애들 죽일 생각은 없었다. 저놈들
도 마찬가지고. 던전 색깔이 점점 변하면서 괴물들도 강해지고
있어. 그 말은 상황이 악화된다는 걸 의미해. 길드를 제압하는
것도 중요하지만 헌터들의 희생을 최소화시키는 것도 중요하다.
또 하나. 이래 놔야 길드 회장 놈들이 다른 짓을 못 해. 나는 오
늘로써 이 싸움을 끝낼 생각이다. 그러니 병력 움직이지 마!"

한정유가 무극도를 빼 들면서 문호량과 뒤를 받치고 있는 병
력들을 바라봤다.

천황회의 병력들 역시 자신의 무기를 빼어 들었는데 반대쪽에
서 서서히 중추령 병력들이 다가오고 있었기 때문이다.

지금은 느리다.

하지만 거리가 좁혀지는 순간 초인들의 행동은 번개가 무색할
정도로 빨라질 것이고, 양쪽은 피가 튀는 전투에 돌입하게 될
것이다.

뚜벅뚜벅.

한정유가 움직이는 순간 뒤를 받친 병력들이 앞으로 걸어 나
왔다.

전투의 기본은 기세를 잃지 않는 것이고 기세를 유지하기 위
해서는 적의 전진에 맞서 같은 속도로 전진하는 것뿐이다.

그때 문호량이 장검을 들어 병력의 움직임을 제지했다.

각 부대의 전투부대장들이 의문을 나타냈으나 문호량은 홀로

적진을 향해 걸어가는 한정유의 뒷모습을 바라보며 천천히 검을 내렸다.

한정유는 200명에 달하는 병력의 물결을 향해 걸어 나갔다.
적들의 의문을 풀어줄 생각은 처음부터 하지 않았다.
오직 하나.
이 전장이 나로 인해 결판난다는 걸 보여줄 뿐이다.

백회혈이 뚫리며 지천의 경지에 오른 것은 일주일 전이었다.
청와대 뒤편, 우뚝 솟은 북한산의 정상에 올라 지는 노을을 바라볼 때, 마지막 생명을 불태우는 석양과 함께 불현듯 지천이 찾아왔다.
돌아가고 싶었다.
지천에 오르는 순간 수많은 기억들이 떠오르며 돌아가고 싶다는 간절함이 찾아왔다.
나는…….
지천에 오르며 남겨두었던 사랑하는 사람들의 고통이 가슴 깊은 곳에 켜켜이 쌓여 있었다.
사랑하는 아내와 아들.
자신을 배신하고 반란의 대열에 참여했던 자들에 대한 분노.
아내와 아들의 눈물.
얼마나 두려웠을까, 얼마나 나를 원망했을까.
그들이 두려워했던 모든 순간들이 나에게는 비수에 찔린 것처럼 아프고 괴로웠다.

                    *   *   *

　강신쾌는 먼저 대열의 후미에 남아 병력들의 전진을 지켜봤다.

　놈들이 강하다는 건 안다.

　하지만, 뒤에 선 중추령의 병력은 그들보다 더 강했으니 어쩌면 자신은 검을 뽑을 필요조차 없을지 모른다.

　현경의 경지까지 오른 자신의 느낌을 믿었다.

　이 전투는 아군의 승리로 끝난다는 직감.

　그랬기에 후미에 남았다.

　이긴다는 확신이 들었지만 병력을 이끄는 수장으로서 전장을 관조하고 흐름을 제어하는 건 당연한 본분이다.

　강자로서 어찌 천왕회주와의 결투를 원하지 않았겠나.

　하지만, 전장이란 특수성은 그런 자존심을 허락하지 않는 것이다.

　병력의 선두에 각 길드의 스페셜 마스터들이 섰고, 그 뒤를 골든헌터들이 받쳤다.

　강한 자들이 적의 선봉을 격파하는 건 병법의 근본이었으니 당연한 배치였다.

　그때, 맞은편에서 한 놈이 걸어 나오는 게 보였다.

　한정유였다.

느렸지만 너무나 당당한 걸음걸이.

뭔가 할 말이 있는 걸까?

하지만, 늦었다.

피식.

자신도 모르게 싸늘한 미소가 지어지며 저절로 장검을 향해 손이 움직였다.

저놈으로 인해 수족들을 잃었고 길드협회장으로서 여러 번 부끄러움과 자괴감을 느꼈다.

네가 왜 오고 있는지 모르지만 넌 잘못 판단했어.

이미 쏘아진 화살은 되돌릴 수 없다.

이미 병력은 출발했고 너는 그 무모함으로 제일 먼저 죽음을 맞이하게 될 것이다.

한정유는 멈추지 않는 병력을 향해 마주 다가서다가 현천보에 발동을 걸었다.

50m의 거리가 단숨에 압축되는 순간, 한정유의 몸이 허공으로 떠오르며 무극도에서 뿜어져 나온 도기의 물결이 병력의 중간을 강타했다.

단 한 번의 공격에 선두에 섰던 다섯 명의 신형이 파편처럼 뒤로 튕겨 나갔다.

하지만, 그것은 시작에 불과했다.

무풍지경.

바람은 장벽에 막히면 돌아나가지만 그것이 폭풍이라면 아무리 거센 장벽도 버티지 못하는 법.

한정유는 바람이 되었다.

그냥 바람이 아니라 천둥과 번개를 동반한, 누구도 막지 못할 광풍이다.

그의 무극도에서 섬전십삼뢰의 초식들이 줄줄이 빠져나오며 적들을 거침없이 튕겨냈다.

이전에 보여주었던 위력과는 근본적으로 비교조차 할 수 없는 도기들이었다.

투명해져 버린 도기의 색깔들이 희미한 잔상을 남기며 헌터들의 병기를 가를 때마다 굉음이 청와대의 대지에 울려 퍼졌다.

그의 칼은 적들의 반격을 허락하지 않으며 무차별적인 전진을 거듭했다.

뒤늦게 세 명의 스페셜 마스터가 한정유의 신형을 에워싸며 협공을 가해왔으나 그들 역시 무극도에서 뿜어져 나오는 괴력을 감당하지 못하고 피를 흘리며 튕겨져 나갔다.

상대가 되지 않는 싸움.

일인천하를 만들었던 한정유의 가공할 무력이 중추령의 병력을 관통하며 날벼락을 만들어내고 있었다.

무심한 눈길.

이를 악물고 공격해 오는 적들의 분노가 느껴졌지만 한정유는 더없이 차가운 눈길로 병력의 숲을 가르며 지나갔다.

백회혈이 뚫리지 않았다면 고전을 하겠지만 지금은 아니다.

내공의 한계를 벗어났으니 삼라만상을 품어버린 무극진기는 온몸에서 샘솟듯 솟구쳐 올라 무극도를 점점 투명하게 만들어 갔다.

내공이 저절로 반응했다.

강한 자에겐 강하게, 약한 자들에겐 약하게.

죽일 생각이었다면 전부 죽였겠지만 한정유는 그렇게 하지 않았다.

전투력을 상실할 정도로만 만들면 된다.

자신은 살귀가 아니었고, 이자들은 국민들의 안위를 지켜야 할 헌터들이었으니 무참한 살육은 피하고 싶었다.

그럼에도 덤벼오는 적들에게 관용을 베풀 생각 또한 없다.

대적 의지를 꺾지 않는 한 이자들은 자신의 적이었음으로.

강신쾌는 한정유가 근접하는 순간 소름이 끼치는 걸 느꼈다.

대지를 파괴할 듯 뿜어져 나오는 마도의 패기.

그 패기에 곳곳에서 소용돌이가 생성되었다.

"이게 무슨……."

눈에 보이는 소용돌이가 아니라 한정유가 뿜어낸 기세로 인해 공기의 파동이 변하면서 만들어진 무형의 파장들이었다.

무인의 삶을 살아오면서 처음 느끼는 기운에 몸이 저절로 반응하며 오한이 솟구쳤다.

움직일 수 없었다.

한정유의 칼이 움직일 때마다 튕겨져 나가는 헌터들의 모습이 눈으로 들어왔으나 강신쾌는 찢어질 듯 눈을 부릅뜬 채 움직이지 못하고 지켜만 봤다.

경이였고 두려움이었으며 새로운 경지를 보여준 무인에 대한 존경이었다.

칼에서 생성된 무형의 도기.

그래, 무형이나 다름없다. 비록 희미한 잔상이 남아 있지만 저걸 어찌 무형도기라 말하지 않을 수 있겠는가.

심도의 경지.

무인이라면 누구나 갈망하는 꿈의 경지가 바로 심도였으니 한정유는 무림 역사에서 커다란 족적을 남긴 자가 분명했다.

왜 몰랐을까, 왜!

한정유의 전진을 가로막으며 분전하던 세 명의 스페셜 마스터가 곤죽이 되어 날아가는 순간, 자신의 장검을 빼어 들고 앞으로 튀어나가며 사자후를 터뜨렸다.

"그만!"

두려움에 떨고 있는 병력을 향해, 무차별적으로 베어 넘기는 한정유를 향해 내지른 경고음이다.

콰앙!

돌진하면서 그대로 십이검을 날려 한정유의 도기에 부딪쳤다.

그의 장검에서 새파랗게 새어 나온 검기가 도기와 충돌하며 뇌전처럼 허공에 불꽃을 피워 올렸다.

그토록 냉정하게 병력을 베어 넘기던 한정유의 신형이 멈췄다.

강신쾌의 공격은 그의 칼을 멈추게 만들 정도로 위력적이었다.

강신쾌는 흔들리는 장검을 안정시키며 주변을 둘러보다가 깊은 한숨을 내쉬었다.

장검이 흔들려.

단 한 번의 충돌로 장검이 흔들린다는 건 내공에서 밀린다는 걸 의미했다.

불과 30분 만에 붉은 피를 흘리며 쓰러진 병력의 숫자는 100명이 훌쩍 넘어버렸다.

그중에는 스페셜 마스터들도 13명이나 들어 있으니 이건 일방적이란 표현도 부족할 지경이었다.

자신의 사자후에 급히 후퇴하는 병력들.

헌터들의 눈은 온통 두려움으로 가득 차 있었는데, 대적 의지를 완전히 상실한 모습들이었다.

나는 이렇게 할 수 있을까?

절대 그럴 수 없다.

스페셜 마스터들이 없다면 어느 정도 비슷하게 흉내는 내겠지만 그것 역시 상당한 출혈을 동반한 결과였을 것이다.

"이제 그만하게."

"싫다면?"

"어차피 처음부터 다 죽일 생각은 아니었잖아. 병력을 살려놓은 걸 보니 다른 생각이 있었던 것 같은데…… 아닌가?"

"누군가 그러더군. 왜 덤벼오는 적들을 다 죽이지 않고 후환을 남겨놓냐고. 당신도 그게 궁금한 거지?"

"그렇다네. 나 같았으면 절대 그냥 돌려보내지 않았을 거야."

"이유는 간단해. 내가 저들을 살려놓은 건 다시 와도 상관없기 때문이다. 결과는 언제나 같을 거니까. 그리고 살려놔야 써먹을 수도 있잖아."

"어디에?"

"괴물들 잡는데."

"그렇군."

"너희들은 아니었겠지. 너흰 이익에 두 눈이 멀어서 사람의 생명 같은 건 안중에도 없었을 테니 우릴 모두 죽이기 위해서 왔을 거야. 그래서 말인데…… 나도 하나 정도는 죽여야겠어."

"나를 말하는 게로군."

"나는 받은 빚은 잊지 않는 성격이라. 그리고 너 하나 정도는 죽여줘야 길드들이 정신을 차리지 않겠어?"

"음… 길드 승격이 목적이라면 이렇게까지 하진 않았을 거고, 다른 생각이 있구나. 그게 혹시 길드 장악인가?"

"길드협회장답게 판단력이 빠르네. 맞아. 그게 내 목적이다."

"그 정도의 무력이라면 가능할 것도 같아. 하지만 쉽지 않을 거야. 길드회장들은… 특히, 되었다. 이제 와서 그런 말을 해봤자 무슨 소용이 있을까. 지천에 오른 무인과의 싸움이라…….

내 인생에서 이런 행운이 오게 될 줄 어찌 알았겠나. 마지막이라 해도 이런 마지막이라면 후회가 남지 않을 거야. 혹시… 명호를 들어볼 수 있을까?"

"마제!"

"그럴 줄 알았다. 그 정도 무력이라면 제란 호칭은 붙어야지. 명호를 들었으니 나도 말해주마. 나는 북쪽 하늘의 태양, 북천검이었다. 자, 그럼 할 이야기는 다 했으니 이제 시작하지."

*   *   *

현경의 고수란 무엇인가.

임독양맥을 뚫었다 해서 모두 현경의 경지에 들어서는 것은 아니다.

무의 경지는 내공의 흐름과 더불어 삼라만상의 이치를 깨닫고 지닌 무공이 조화될 때 진정한 강자로 거듭 태어나는데 그런 자들을 현묘지경(玄妙之經), 즉 현경에 도달했다 부른다.

정말 오랜만에 치른 격전.

지축이 흔들렸고 공간이 찢겨 나갔다.

강신쾌는 현경에 오른 고수답게 초식 발현에 형식의 구애를 받지 않았다.

자유로움.

그렇다. 그의 검은 대지와 자연의 자유로움이 가득 차 있었고 천둥과 같은 광포함이 가득 담겨 있었다.

사위가 온통 그가 펼친 검기의 물결로 뒤덮였고 벼락이 되어 떨어졌으며 어둠과 밝음이 교차하는 명암을 생성시켰다.

강자에 대한 예의를 지켰다.

그가 살아온 인생을 단편적으로 판단하거나 폄훼해서는 안된다.

검에서 알 수 있었다.

그의 검에 담겨 있는 자연은 결코 가볍지 않았고 천근의 거암처럼 묵직했으니 그의 인생 역시 그랬을 것이다.

비록 자신을 압박했고 현실에 대한 가치 기준이 다르다 해도 이런 강자는 마지막 가는 길을 멋있게 보내줘야 한다.

그런 마음으로 한정유는 섬전십삼뢰의 모든 초식을 펼쳐 그가 가는 마지막 길이 외롭지 않도록 배웅해 줬다.

번쩍!

"잘 가시오!"

세상을 모두 밝히는 광휘.

10여 분의 격전을 끝내며 강신쾌를 쓰러뜨린 건 섬전십삼뢰의 제팔초식 파혼(破魂)이었다.

한정유는 오연한 시선으로 중추령의 잔여 병력을 바라보다 천천히 등을 돌렸다.

넝마처럼 찢겨진 강신쾌의 주검이 너무나 쓸쓸하다.

전장의 잔인함을 상기시켜 주는 그의 죽음 앞에 한정유는 어떤 기쁨도, 한 톨의 웃음도 짓지 않았다.

적막.

바람이 쓸쓸히 스치고 지나가는 청와대의 넓은 벌판엔 오직 부상을 당해 쓰러진 중추령 병력들의 애끓는 신음 소리뿐.

천왕회 쪽도, 중추령 쪽도.

경외가 담긴 시선으로 묵묵히 걸어가는 한정유의 모습을 그저 말없이 지켜볼 뿐이었다.

처벅, 처벅, 처벅……

한정유가 진영으로 돌아오자 문호량이 앞으로 걸어 나왔다.

그의 얼굴에 담겨 있는 것은 기쁨이 아니었다.

오직 과거의 영광을 되찾은 친구, 한정유의 귀환에 대한 감격뿐이었다.

"수고했어."

"수고는 무슨. 다시 올까?"

"분명히. 싸움 자체가 격이 달랐잖아. 정유야, 그놈들이 끝장을 보겠다고 하면 우린 여기서 벗어나야 해. 알지?"

"다시 온다면……. 그리고 내 생각대로 온다면 한 번만 더하면 돼. 혹시 모르니까 너는 병력을 데리고 여길 빠져나가."

전면전으로 붙었다면, 그리고 대통령이 사법권 회수란 강수를 두지 않았다면 길드는 여기서 공격을 멈췄을지 모른다.

길드 승격을 막기 위해 치러야 할 피해 범위는 이미 초과되었다.

단순한 길드 승격이었다면 이 정도로 충분하다는 뜻이다.

하지만, 이젠 그들도 한정유의 목적이 무엇인지 짐작했을 테니 여기서 멈출 리가 없다.

무인은 목숨을 취하려는 자에겐 언제 어디서든 칼로서 상대하는 법이니까.

그것도 최선을 다해서.

*　　　*　　　*

피닉스 길드의 헌터담당국장 서무원은 사무실에서 차를 마시다가 급하게 문을 열고 들어온 김두성을 바라보며 황당한 표정을 숨기지 못했다.

김두성은 깍듯하게 예의를 지켜왔는데 이번에는 평소와 달리 마치 문을 부술 것처럼 뛰어들어 왔던 것이다.

"국장님, 큰일 났습니다."

"무슨 일이냐?"

"중추령이 졌답니다. 그리고, 강신쾌 회장이 사망했다는 소식입니다."

"뭐라고!"

앉아 있던 서무원이 자리에서 튀어 올랐다.

김두성의 보고가 너무나 의외였고 충격적이었기 때문이다.

강신쾌가 누구란 말인가.

무원 길드의 회장이었고 길드협회장을 맡아 무소불위의 권한을 행사하는 철혈의 무인이 바로 그였다.

더군다나 이번 출전은 길드의 정예들이 파견된 특급 중추령이었지 않은가.

그런데 패배했다고, 그것도 무원의 주인이자 철혈의 무인 강신쾌가 죽어!

다른 병력은 다 죽어도 그것만은 믿지 못하겠다.

그는 어떤 상황에서도 충분히 살아나올 능력이 있는 무인이다.

김두성의 보고를 듣는 순간 뒷골이 떵하게 울렸으나 서무원은 급히 정신을 차리고 소리를 버럭 질렀다.

"자세하게 말해봐. 도대체 무슨 소리야?"

"방금 전 청와대 쪽으로부터 소식이 들어왔는데 중추령 병력이 패퇴를 했다고 합니다. 그 와중에 강신쾌 회장이 전사를 했고요."

"누구한테 죽었단 말이냐. 천왕회장이냐?"

"아닙니다. 강 회장을 사살한 것은 한정유였답니다."

"허어… 허어!"

"더 믿지 못할 일은 중추령을 모두 박살 낸 게 한정유 혼자였다는 겁니다."

"자네 지금 나와 농담하는 겐가?"

"저도 이해되지 않았지만 일단 보고부터 해야겠다는 생각에……."

서무원의 표정이 일그러졌다.

강신쾌가 한정유에게 졌다는 건 백번 양보해서 그렇다고 치자.

하지만 혼자 중추령의 병력을 상대했다니, 그걸 어떻게 믿을 수 있단 말인가.

절대 있을 수 없는 일이었다.

"믿을 수 없어서 여러 번 다시 물어봤으나 계속 같은 말만 반복했습니다. 그래서 제가 급히 가볼 생각입니다."

"어디로?"

"전화를 해온 이일영은 지금 병원에 있는데 그놈 목소리가 정상적이지 않았습니다. 뭔가 커다란 충격을 받은 게 틀림없습니다."

"음……. 혹시, 전투에서 부상을 당해 정신이 나간 거 아니냐?"

"그럴 수도 있겠죠. 일단 제가 확인해 보고 다시 전화 드리겠습니다."

"허어, 이것 참. 이게 무슨 뚱딴지같은 소린지 모르겠네. 일단 가서 정확한 사실을 확인해 봐."

뭔가 일이 생긴 건 분명한데 사실 여부가 정확하지 않다.

이일영은 중추령 파견에서 실무팀장을 맡은 골든헌터로 본사와의 연락 업무는 전부 그의 소관이었다.

믿을 수도… 그렇다고 전혀 믿기도 어려운…….

그랬기에 서무원은 김두성이 나가는 것을 보며 전화기를 들었다.

김두성과 다른 루트로 확인해 볼 생각이었다.

그때, 들었던 전화기에서 요란하게 벨소리가 울려 퍼지기 시작했다.

입에 들어 있던 침을 급히 삼켰다.

액정에 뜬 상대의 정체가 피닉스 길드의 주인 이무천이었기 때문이다.

"회장님, 접니다. 알겠습니다, 곧 올라가겠습니다."

더없이 무거운 분위기.

서무원이 회장실로 들어갔을 때 이무천은 굳은 얼굴로 커피잔을 만지작거리고 있었다.

그의 옆자리엔 정보국장 허인이 앉아 있었는데 그 역시 심각한 표정을 숨기지 못했다.

"들었나?"
"어떤 것 말입니까?"

무엇을 묻는지 짐작이 갔지만 서무원은 모른 체했다.
확인되지 않은 정보를 말한다는 건 바보 같은 짓이다.
더군다나 그 정보는 전혀 신빙성이 없었으니, 자칫 입 밖으로
내는 순간 조롱거리로 전락할 수 있었다.

"중추령 병력이 당했어. 강신쾌는 죽었고."
"그게, 사실입니까?"
"알고 있었던 모양이군."
"김두성에게 언뜻 보고를 받았습니다만 확인되지 않은 사실이
라……."
"강신쾌는 한정유에게 죽었다. 그리고… 중추령 병력 모두 한
정유에게 당했어."
"으……."

회장의 입에서 똑같은 말이 튀어나오자 자신도 모르게 신음
이 흘러나왔다.
어떻게 그럴 수가…….
오늘이 만우절인가, 아니면 모든 사람들이 자신을 놀리기 위
해 입을 맞춘 건가?

그런 생각이 들었다.

도저히 받아들일 수 없는 사실을 듣게 되면 전부 그런 생각이 들 것이다.

하지만, 회장의 표정은 그게 농담이 아니란 걸 증명해 주고 있었다.

"서 국장, 자네는 이 사실을 어떻게 생각해?"

"김두성이 병원에 간다고 했으니 조만간 소식이 들어올 겁니다. 회장님, 저는 아직도 믿겨지지 않습니다. 한정유 혼자 어떻게 그 많은 병력을 상대할 수 있단 말입니까. 더군다나 거기엔 20명의 스페셜 마스터가 포함되어 있었습니다. 절대, 불가능한 일입니다."

"현장에서 들어온 소식이다."

"와전되었을 겁니다. 보고의 출처가 확실하더라도 세상의 이치는 상식을 벗어나면 직접 두 눈으로 봐야 합니다. 하물며 혼자서 그런 짓을 벌였다는 걸 어떻게 믿겠습니까!"

"크크크……."

서무원의 반론에 이무천의 입에서 괴소가 흘러나왔다.

지금까지 이무천을 모시며 한 번도 들어본 적이 없는 웃음소리였다.

"서 국장, 세상에는 믿지 못할 일이 가끔가다 생긴다네. 우리가 이 세계에 온 것도 그런 것 아니겠나."

"그거야……"

"난 한정유 그놈이 히어로전에서 최선을 다하지 않았다는 걸 눈치챘어. 하지만, 내가 생각했던 것보다 훨씬 더하군. 이무기 정도로 생각했더니 진짜 용이었던 모양이야."

"회장님은 정보가 맞다고 생각하시는군요."

"자네가 들어오기 전에 엄정환이 멀쩡한 목소리로 전화를 해왔어. 그 친구 말로는 전신을 본 것 같다고 하더군. 혼자서 전병력을 상대했는데 무려 100여 명이나 놈에게 쓰러졌단다. 그래서 결국 강신쾌가 나섰던 거고. 지금 들어오는 중이니까 더 확인해 봐야겠지만 한정유가 한 건 분명한 것 같아."

"음……"

엄정환이 전화를 해왔다면 믿지 않을 수 없다.

그는 실질적인 피닉스 길드 파견 지휘자였고, 회장이 직접 상황을 주관하기 위해 골라 보낸 심복이었기 때문이다.

"한정유는 강신쾌를 제외하고 단 한 사람도 죽이지 않았다. 그중 반은 멀쩡하게 보냈는데 엄정환이 그중 하나야."

"정말 믿을 수 없군요."

"이제 확실해졌군. 우리는 뒤통수를 맞았어. 사법권 회수를 하겠다고 할 때부터 이상하다고 생각했는데 그런 무력을 가졌을 줄이야. 욕심을 낼 만해."

"어떤 욕심 말입니까. 설마 회장님, 그건 불가능한 일입니다. 한정유, 그자가 아무리 강하다 해도 길드 장악을 꿈꾼다는 건 말도 안 되는 짓입니다."

"왜 말이 안 된다고 생각하나. 놈은 대통령을 등에 업었고 우리에게 보여준 것처럼 막강한 무력을 가지고 있어. 그래도 안 될 거라고 생각해?"

"회장님!"

"소리 지르지 마. 귀 아파."

"회장님이 계시고 우리가 있는 이상 그런 일은 절대 벌어질 수 없습니다."

"막을 방법은 있나?"

서무원의 단언에 이무천의 얼굴에서 미소가 피어올랐다.

질문에 담긴 의미가 미묘해서 대답하기가 어렵게 만드는 표정이었다.

대신 나선 건 지금까지 조용히 있던 정보국장 허인이었다.

"놈을 압박하는 방법은 수도 없이 많습니다. 정치는 물론이고 재계와 언론, 그리고 사회 전반 모두를 길드가 장악하고 있으니 대통령이 아무리 날뛰어도 뜻을 이루지 못합니다. 놈이 정말 그렇게 강하다면 무력으로 처리하기엔 아무래도 피해가 커질 테니 우회해서 죽이는 방법을 쓰면 됩니다."

"어떤 방법?"

"스스로 물러나도록 만드는 거죠. 거기에 가담했던 놈들의 가족과 친척, 친구를 전부 족치면 됩니다. 피눈물을 흘리게 만드는 건 일도 아닙니다."

"가당찮은 소릴 하는군. 자네는 한정유가 왜 병력을 살려 보냈다고 생각하나?"

"그건……."

"놈은 두 번이나 병력을 살려 보냈어. 그건 다시 말해 우리 보고 대한민국을 가질 수 있는 힘을 증명해 보란 뜻이야. 그런데 그런 비겁함으로 응수를 한단 말이냐!"

"요즘 던전이 수시로 생기는 바람에 또다시 병력을 빼면 방어가 어렵습니다. 어쩌면 그 방법이 놈들에겐 더 고통스러울 겁니다."

"닥쳐. 넌 그렇게 오랫동안 나를 겪어보고도 그런 소릴 해. 나를 비겁자로 만들고 싶은 게냐!"

큰 목소리는 아니었으나 더없이 차가운 음성.

그리고 노려보는 날카로운 시선.

이무천은 그렇게 허인의 말을 응징했다.

평생을 대도무문으로 살아왔다는 걸 지켜봤음에도 그런 암계를 제시하는 허인의 태도에 그는 분노를 감추지 않았다.

그때 서무원이 다시 나섰다.

"그럼 어쩌실 생각입니까. 이대로 놈들이 하는 짓을 그냥 두고 볼 수는 없지 않습니까?"

"무력은 무력으로 상대하는 게 내 방식이야."

*   *   *

초조함과 기다림은 시간을 느리게 만드는 마법을 부린다.

김가은은 아침 일찍 가방을 메고 집을 나서 청계산을 올랐다.

워낙 등산객들이 많은 곳이라 오르는 동안 수시로 사람들과 부딪혔지만 그녀는 상관하지 않고 앞만 보며 걸었다.

일반인과 걷는 속도가 다르니 더욱 그럴 수밖에 없다.

마음에 여유가 있었다면 조심스럽게 움직였을 테지만 복잡해진 머리와 답답한 가슴은 그녀의 걸음을 빠르게 만들었다.

정상에 올라 산 아래를 바라보며 한참 동안 움직이지 않았다.

오늘이었다.

길드 격상을 위해 그는 오늘 길드 연합과 치열한 싸움을 벌이게 될 것이다.

같이 싸운다는 건 처음부터 생각하지 못했다.

그를 생각한다면 조금이라도 힘을 보태고 싶었으나 청와대를 공격하는 중추령의 병력 중에는 그녀와 같이 한솥밥을 먹고 지낸 동료들이 포함되어 있기 때문이었다.

과연 괜찮을까.

양쪽에 대한 걱정으로 가슴이 저 혼자 거칠게 뛰었다.

순리대로 움직여 해결할 수.없는 일이지만 무모하기 짝이 없는 한정유의 결정을 들은 후 밤잠을 설치는 불안감에 빠져들었다.

회유도 했고 말려도 봤으나 한정유는 그녀의 말을 듣지 않았다.

목적을 위해서는 어쩔 수 없다는 건 안다.

한정유의 무모함도, 길드의 욕심도 모든 것이 전부 마음에 들지 않았지만 타협점을 찾을 수 없는 상황이기에 그저 지켜만 볼 수밖에 없다는 현실이 너무나 안타까웠다.

정상에서 바라본 하늘은 너무나 아름다웠다.

파란 하늘에 담겨져 있는 각양각색의 구름들은 천천히 유영하며 지나갔고 그 밑으로 펼쳐진 세상은 고요 속에서 찬란한 햇살을 받은 채 반짝거렸다.

그 광경을 보면서 욕심에 빠져들었다.

이렇게 아름다운 세상에서 오랫동안 그와 함께 행복한 날들을 보낼 수만 있다면 좋겠다는 욕심.

하지만 세상은 수시로 던전이 열려 괴물들이 튀어나왔고, 길드는 자신들의 이익을 위해 세상의 법칙을 어기며 도전자들의 목숨을 끊기 위해 가차 없이 칼을 꺼내 드니 세상은 혼돈 그 자체일 뿐이다.

간절히 바랐다.

그가 길드의 칼날 아래 무사히 살아남아 다시 재회할 수 있기를.

오랜 시간 잠들어왔던 본능을 끌어내어 마치 18살 소녀처럼 자신의 가슴을 뛰게 만든 남자.

눈을 감아도, 눈을 떠도. 언제나 눈앞에서 어른거리며 나타나는 그 남자가 지금 이 순간 너무나 보고 싶다.

집으로 돌아온 김가은은 점심을 먹은 후 방에서 나오지 않은 채 움직이지 않았다.

시간이 갈수록 점점 커지는 불안감.

그 불안감을 떨치기 위해 잠을 청했으나 정신은 또렷해져만 갔다.

김두성의 말에 따르면 2시간 전에 병력이 출발했으니 벌써 전투가 시작되었을지 모른다.

제발 다치지 않기를. 제발 살아서 다시 만날 수 있기를.

전화기를 옆에 두고 소식이 오기를 간절히 기다렸다.

김두성은 결과가 나오면 즉시 알려준다고 했는데, 결과가 나올 시간이 지났음에도 아무런 연락이 없었다.

초조한 마음으로 한없이 전화기를 바라보며 방 안을 서성거렸다.

얼마나 시간이 지났을까.

당신을 보고 싶은 내 마음……

전화기에서 울려 퍼지는 노래.

한정유와 사귀기 시작하면서 그녀의 마음을 담아 컬러링으로 해놓은 전화벨 소리였다.

그다, 그의 전화다.

"여보세요!"

"뭐 하고 있어요?"

"정유 씨…… 괜찮아요? 안 다쳤어요?"

"난 괜찮아요."

"정말… 이죠?"

"그럼요. 걱정 많이 했어요?"

"그걸 말이라고 해요. 내가 하루 종일… 얼마나……."

"기다리고 있을 것 같아서 전화했어요. 무사하니까 걱정하지 말라고. 아, 가은 씨. 대통령이 나를 찾는다네요. 미안한데 나중에 다시 전화할게요. 가은 씨, 보고 싶어요."

"나도요. 나도……."

툭하고 전화가 끊기는 순간, 긴장이 풀리며 온몸에서 힘이 빠져나갔다.

그가 살았다는 안도감과 보고 싶다는 마지막 말이 귓가를 맴돌아 아무런 생각을 하지 못하게 만들었다.

보고 싶어요. 보고 싶어…….

그래, 보고 싶어.

한정유가 청와대로 들어간 지 벌써 10일이 지났고, 그 시간 동안 그녀는 온종일 그의 모습만 떠올리며 그리워했다.

위험하다며 오지 말라고 했던 그의 부탁이 떠올랐으나 김가은은 정신을 차린 다음 급하게 옷을 갈아입기 시작했다.

그 사람을 볼 수만 있다면 위험 따위는 아무것도 아니란 생각에.

*　　　*　　　*

두 번의 격전으로 청와대의 정원과 도로는 붉은 피로 도배가 된 상태였다.

시신과 부상자는 전부 치워졌고 전투에 따른 파괴의 현장은 대충 정리되었지만 붉은 핏자국만은 완전히 지우지 못했다.

"대통령이 뭐래?"

"아직도 겁을 내고 있어. 우리가 떠날까 봐."

"그렇기도 하겠지. 우리가 떠나면 여기 있는 사람들은 전부 죽은 목숨일 테니."

"강하다고 생각했는데 마음이 여려. 그분은 자신의 목숨보다 자신으로 인해 사람들이 다칠까 봐 걱정하더라."

"그래서 뭐라고 했냐?"

"끝까지 지켜주겠다고 약속했다."

"가능성은 반반이다. 회장단이 직접 움직여서 병력을 이끌고 오면 결국 지킬 수 없어. 니는 그 사람한테 헛된 희망을 준 거야."

"그럼 어떻게 해. 그렇게라도 안심시켜 놔야 되잖아."

지켜주겠다는 약속.

그것이 지켜지지 못할 가능성이 크다는 건 안다.

그럼에도 약속을 한 것은 자신의 안위보다 다른 사람의 안위를 먼저 생각하는 대통령을 조금이나마 안심시켜 주기 위함이었다.

처음부터 속이려는 건 아니었다.

최선을 다해 막는다.

그럼에도 감당할 수 없게 된다면 포기하고 차후를 노릴 수밖에 없다.

물론 자신이 포기하는 순간 대통령을 비롯해서 수많은 사람들의 목숨이 위태롭겠지.

하지만, 그건 길드 연합도 마찬가지다.

자신은 그리되는 순간 끝까지 찾아내어 놈들에게 하나씩 지옥을 선사해 줄 테니까.

책임을 진다는 의미는 누군가를 위해 죽는다는 것이 아니라 그를 위해 마지막까지 노력한다는 것을 말하는 것이니 대통령도 결국은 나를 이해해 줄 것이다.

"병력들은 언제 떠나?"

"준비되는 대로 출발시킬 거야. 그렇게 결정했으니 지체할 이유가 없잖아."

"최대한 빨리 보내. 어쩌면 오늘 밤에라도 올지 몰라."

"대신 나와 도철이는 남기로 했다."

"왜?"

"혼자 있으면 심심할 거 아냐. 그래도 노닥거려 줄 상대는 있어야지."

"필요 없어. 너는 몰라도 도철이는 위험해. 그러니까 너도 가라. 네가 남으면 그놈도 안 간다고 버틸 거야."

"하긴, 그럼 갔다가 다시 올까?"

"오지 마. 버티기 힘들면 나도 빠져나갈 텐데 뭐 하러 다시 와."

"그렇기도 하네."

문호량이 순순히 고개를 끄덕였다.

미리 약속된 일이었고 한정유라면 어떤 자들이 공격을 해와도 충분히 청와대를 빠져나올 테니 걱정할 일이 아니다.

두 사람이 청와대의 현관을 빠져나오자 천왕회의 병력들이 분분히 인사를 해왔다.

그들은 후퇴를 하기 위함인지 부대별로 대열을 정비하고 있었는데 한정유를 바라보는 시선에서 무한한 존경심이 배어나오고 있었다.

문호량과의 관계를 몰랐기에 그동안 단순히 친구라고만 알았던 천왕회의 병력은 홀로 이백에 달하는 병력을 무찌른 한정유의 경이적인 무력을 직접 본 이후 태도가 백팔십도로 달라졌다.

그들 역시 무인.

절대고수의 위용을 직접 두 눈으로 확인했으니 그 두려움과 경외심은 남다를 수밖에 없었다.

현관에서 빠져나와 계단을 타고 내려갔다.

문호량은 잠시의 이별에 대한 아쉬움을 숨기지 않은 채 앞으로 벌어질 상황에 대해서 잔소리를 늘어놨다.

하여간, 그놈의 잔소리.

알고 있다며 그만하라고 소리를 질러도 문호량은 옆에 찰싹 들러붙어 가능성을 하나씩 열거하며 잔소리를 멈추지 않았다.

손으로 귀를 막고 싶다는 생각을 간신히 참으며 아름답게 가꿔진 정원수로 다가갈 때, 멀리서 달려오는 여자의 모습이 보였다.

그녀다.

그녀가 자신을 향해 뛰어오고 있었다.

마주 달려 그녀를 향해 다가갔다.

"가은 씨, 여긴 왜 왔어요?"

"정유 씨가 보고 싶다고 했잖아요. 그리고, 나도… 나도 보고 싶어서."

*　　　　*　　　　*

청와대 출입 정치부 기자들은 혼이 다 빠질 정도로 정신이 없었다.

연이어 터지는 대통령의 질주.

도대체 뭐가 뭔지 알 수가 없을 정도다.

길드가 장악한 세상이 된 것은 너무 오래전의 일이라 사람들도, 언론들도 이젠 그것에 대해 이의를 달지 않았다.

세상은 이치에 맞게 흐르는 것이 아니라 힘의 논리에 의해 결정된다는 사실을 깨달은 후부터 사람들은 평등이란 단어를 잊어버렸다.

그들은 초인이었으니까.

그랬기에 언론은 대통령의 미친 짓을 보면서 판단에 대한 잣대를 세우지 못했다.

어쩌면 당연한 것이었으나 길드가 장악한 세상에서 그건 반란이나 다름없는 짓이었다.

계속 변하는 상황.

출입 기자들을 통제하는 낯선 자들의 출현.

벌써 삼 일 동안 계속된 통제에 기자들은 청와대 근처 카페에 모여 시간을 보낼 수밖에 없었다.

왜 들여보내지 않느냐는 항의조차 하지 못했다.

그들을 통제한 자들은 초인들이었고, 함부로 대들다가는 어느 칼에 맞아 죽을지 모르기 때문이다.

"정 기자, 들었어?"

"뭘?"

"청와대 앞마당이 작살났단다. 피가 흘러서 도랑을 만들 정도
였대."

"정말?"

"그래, 청와대를 청소하는 사람들한테서 나온 이야기야. 아무
래도 큰일이 벌어지고 있는 것 같아."

"씨발. 그럼 우리가 예상했던 시나리오란 말이잖아!"

대한일보의 정경호가 소리를 질렀다가 맞은편에 있던 중도일
보 허창환이 도끼눈을 부릅뜨자 급하게 목을 움츠렸다.

이 카페엔 그들 이외에 10여 명의 정치부 기자들이 바글거리
는 중이었다.

"한 번도 아니고 두 번이래. 아직도 청소를 다 못 해서 지금
들어가면 확인할 수 있다고 했어."

"가볼까?"

"네가 죽고 싶은 모양이구나."

"넌 궁금하지도 않냐. 현장을 보는 건 기자의 본분이야. 그런
큰일이 생겼다면 확인해 봐야지."

"확인해서 어디다 써먹게. 우리가 예상한 시나리오면 가져가
도 터뜨리지 못해. 잘 알면서 왜 그래?"

"허 기자, 이건 정치 상황이 변한다는 뜻이다. 혹시 아냐. 우리
가 취재한 게 특종으로 둔갑하면 어쩔래?"

"넌 그게 가능하다고 생각해? 대통령이 무슨 수로 길드 연합
을 이긴단 말이냐. 그건 불가능한 일이야."

"대통령도 또라이가 아니야. 아무런 생각 없이 일을 저지를 리 없어. 생각해 봐. 두 번이나 싸웠다는 건 누군가 대통령을 돕고 있다는 뜻이야. 그리고 여전히 버티고 있어. 이게 무슨 의민지 몰라?"

"하아, 김 기자, 네가 요즘 죽고 싶어서 환장한 모양인데 난 끌어들이지 마라. 우리 애들 아직 한참 크는 중이야. 내가 잘못되면 우리 식구 먹고살 길이 끊긴다."

"기자라는 놈이 하는 소리하곤. 대통령 뒤에 있는 자들이 누군지 넌 궁금하지도 않냐?"

"알아서 뭐 해."

"대통령 쪽이 이기면 우린 특종을 잡는 거야. 씨발, 사법권 회수의 주역이 드러나는 순간 우리는 완전히 로또에 당첨되는 거라니까!"

"그래서?"

"청와대 뒤편 북악산 중턱에서 망원 렌즈로 땡기면 마당이 보여. 거기서 찍고 나중에 확인하면 정체를 알 수 있어. 어때, 구미가 땡기지?"

＊   ＊   ＊

피닉스 길드의 이무천은 청와대에서 벌어진 상황을 상세하게 보고받은 후 한 통의 전화를 걸었다.

바로 자신과 함께 현재 대한민국 길드를 이끌고 있는 JK 길드의 황선상이었다.

신호는 오래가지 않았다.

상대 측에서 신호가 두 번 울리자 반응을 보였기 때문이다.

"회장님, 이무천이올시다."

"전화주시길 기다리고 있었습니다."

"청와대 쪽 이야기는 들으셨겠죠?"

"그렇습니다. 생각보다 훨씬 일이 재미있게 흐르더군요."

"그래서 말씀인데……. 저는 내일쯤 가볼 생각입니다. 회장님 일정은 어떠십니까?"

"우리 둘만 가면 나중에 반발이 있을 텐데요?"

"그래서 일단 회장님 의견을 물어본 겁니다. 당연히 다른 사람들 의견도 들어볼 생각입니다만 전부는 그렇고. 상위 5개 정도면 될 것 같은데 어떠십니까?"

"그 정도면 충분할 것 같습니다. 하지만, 그 전에 결정부터 해야 되지 않을까요?"

"저는 한정유가 일을 벌이면서 그 정도는 생각해 났을 거라 생각합니다. 우리 회장들 생각도 그 범위에서 벗어나지 않을 것 같군요."

"하긴, 그렇겠죠."

"그럼 제가 일을 추진한 후에 다시 전화 드리겠습니다."

"고생해 주십시오."

"하하하. 고생은요. 우선권을 받으려면 이 정도는 해야 인정해 주실 거 아닙니까."

＊　　　　＊　　　　＊

　대통령 윤정호는 차창을 통해 병력들이 떠나는 걸 보면서 긴 한숨을 내리쉬었다.

　당연한 일이다.

　저들은 길드 격상이란 목적을 위해 이곳에 왔고, 목적을 달성한 이상 더 있을 필요가 없었다.

　두 번의 싸움을 통해 길드를 무력화시켰으니 이젠 타협과 협상만이 남았다.

　불을 보듯 뻔한 결과가 그려졌다.

　길드는 2번의 싸움을 통해 태풍OR의 힘을 확인한 이상, 결국 길드 승격을 승인할 수밖에 없을 것이다.

　그렇지 않고 공격을 해올 수도 있지만 그러기 위해서는 던전 방어까지 차질을 빚어야 하는데, 그건 길드 입장에서도 결코 쉬운 일이 아니었다.

　한정유의 약속을 믿지 않았다.

　남자로서 약속을 지키겠다고 말했으나 그것이 립서비스에 불과하다는 걸 안다.

　자신 역시 그를 이용했을 뿐이잖은가.

　자신의 꿈은 완벽한 길드 통제가 아니라 대통령으로서 길드의 속박을 벗어나겠다는 의지를 드러내어 국민들에게 용기를 심어주기 위함이었다.

　이익을 위해 국민들을 개, 돼지 취급하며 민주주의를 해친 길드에게 국민들이 뽑은 대통령으로서 저항하는 모습을 보여주고 싶었다.

거대한 물결은 용기 있는 한 사람의 저항에서부터 시작된다는 걸 알기에 내린 결단이었다.

이렇게까지 오래 버틸 줄은 몰랐다.

청와대의 실무진과 내각을 개편하고 임명장을 수여하는 장면을 국민들에게 보여준 후, 한 줌 형장의 이슬이 되어 사라질 거라 생각했다.

한정유가 이끄는 태풍OR이 길드의 특급 중추령까지 막을 줄 누가 알았겠는가.

희망?

그래, 어쩌면 희망이었을지 모른다.

두 번의 공격을 막아낸 한정유는 또다시 약속을 언급하며 끝까지 지키겠다는 말을 남겼기에 바보처럼 희망에 부풀어 올랐다.

방금, 태풍OR로 위장된 천왕회의 병력이 전부 떠나기 전까지.

그러고 보면 사람은 참 간사한 동물이다.

서면 앉으려 하고, 앉으면 눕고 싶다는 욕심을 부린다.

처음엔 그저 내각까지 개각한 후 당당하게 모든 것을 끝낼 생각이었는데 사법권 회수라는 선언까지 끌고갔으니 예상보다 훨씬 많은 일을 했음에도 가슴속엔 아쉬움이란 놈이 계속 꿈틀거렸다.

결국 모두 떠났다.

이제 자신에게 남은 건 아무것도 없었고, 곧 들이닥칠 길드의 병력들에게 포위되어 청와대를 비참하게 나서는 것만 남았을 뿐이다.

떠나는 자들을 막지 못하는 현실.

자신에겐 그들을 떠나지 못하게 만들 힘도, 명분도 없다는 현실이 너무나 안타까워 슬며시 눈시울이 붉어졌다.

문이 열리고 한정유가 들어왔다.

마지막 인사를 하려는 모양이다.

"다들 떠났구려. 그동안 고생 많았소."

"대통령님, 얼굴이 무척 상하셨습니다."

"한정유 씨도 곧 떠나겠지요?"

"저는 떠나지 않습니다."

"그게 무슨 말이요?"

"약속한 것처럼 저는 대통령님 곁에 남아 있을 것입니다."

"왜… 혼자 남아서 뭘 하겠다고……. 한정유 씨는 사람을 바보로 만드는 재주가 있군요."

의아함을 나타내던 대통령의 얼굴에서 자조 섞인 웃음이 흘러나왔다.

믿지 않는 얼굴.

어쩌면 당연하다.

대통령은 길드의 특급 중추령 병력이 공격해 왔을 때 벙커에 숨어 있으니 한정유가 홀로 적들을 격퇴하는 걸 보지 못했고, 아무도 그 사실을 알려주지 않았던 것이다.

하지만 한정유는 대통령의 노골적인 의심을 보면서 전혀 얼굴 표정을 바꾸지 않았다.

"대통령님, 솔직하게 말씀드리겠습니다. 병력들이 떠난 이유는 길드의 차후 공격을 막지 못할 것이기 때문입니다. 길드 회장들이 직접 병력을 끌고 와 전면전이 벌어진다면 천왕회 병력은 견디지 못할 테니까요."

"그럼 한정유 씨는 왜 남는단 말이오?"

"저는 두 번째 가능성 때문에 남은 겁니다."

"두 번째 가능성?"

"길드 회장들만 올 경우입니다. 그때도 협상이 깨지면 저 역시 청와대를 떠날 수밖에 없습니다. 하지만 저는 대통령님을 위해 최선을 다할 생각입니다."

"결국 당신은 마지막까지 약속을 지키겠다는 뜻이구려."

"그렇습니다. 남자의 약속은 천금과도 같은 것이라고 배웠습니다. 대통령님, 지금 이 자리에서 한 가지 더 약속드리죠. 만약 그들에 의해 대통령님이 잘못된다면 제가 그 복수를 반드시 해 드리겠습니다. 그러니 편한 마음으로 지켜봐 주시기 바랍니다."

*　　　　*　　　　*

텅 빈 하늘.

오늘따라 하늘에는 구름 한 점 담겨 있지 않았다.

병력이 모두 떠난 청와대는 사람의 인적 하나 보이지 않았다.

대한민국의 심장이라는 청와대가 마치 무덤처럼 느껴질 정도로 고요 속에 잠겨 있다.

청와대에 남아 있는 건 대통령과 자신, 오직 단둘뿐이었다.

점심을 먹고 현관을 나서 천천히 걸어 계단을 내려갔다.

직감으로 오늘이란 생각이 들었다.

자신이 벌여놓은 행동을 회장들이 보고받았다면 당연히 오늘, 그들이 와야 한다.

어떤 방식으로든.

계단 끝에 앉아 김가은과 한동안 통화를 한 후 전화를 끊었다.

그녀는 여전히 자신에 대한 걱정으로 목소리가 떨렸는데 전화를 끊지 않으려 했기에 20분이 지나도록 이야기를 나누었다.

떠나면서 보여주었던 그녀의 눈망울이 떠올라 저절로 웃음이 지어졌다.

걱정하지 마. 내가 죽는 일은 절대 없을 거야.

플라잉카의 행렬이 청와대의 정문을 곧장 넘어 날아든 것은 김가은과의 통화가 끝나고 1시간 정도 지났을 때였다.

5대의 플라잉카는 거침없이 날아와 청와대의 벌판까지 도착해서 마치 저희 집 안마당에 내려앉는 것처럼 여유롭게 정지했다.

플라잉카가 나타난 후 시선을 모아 그 뒤를 확인했지만 더 이상 다가오는 적은 없었다.

문이 열리고 사람들의 모습이 드러났다.

피닉스 길드의 이무천을 비롯해서 히어로전 때 귀빈석에서 봤던 길드의 회장들이었다.

비서로 보이는 자들은 뒤쪽으로 물러나고 길드 회장들만 천천히 다가왔기에 한정유는 무극도를 들고 그들을 향해 마주 걸어갔다.

3m의 간격을 두고 양측이 걸음을 멈췄다.

먼저 입을 연 사람은 피닉스 길드의 이무천이었다.

"예상대로 혼자만 남아 있군. 대통령은 안에 있을 거고?"

"새삼스레 당연한 걸 묻는군요."

"우리가 병력을 이끌고 왔으면 그냥 갔겠지?"

"내가 바보는 아니니까. 그러고 보면 그쪽도 바보는 아닌 것 같군요."

"왜?"

"병력을 데려오면 더 복잡해진다는 걸 알기 때문에 당신들만

온 거잖소."

"그렇긴 하지."

"칼부터, 아니면 이야기부터?"

"먼저 대화부터 하지. 시간은 많잖아."

"그럽시다."

이무천의 대답에 한정유가 여유 있게 미소를 흘려냈다.

확실히 회장들이라 그런지 한 톨의 조급함도 보이지 않는다.

하지만, 그건 한정유가 더했다.

회장들의 몸에서 뿜어져 나오는 산악 같은 기세들이 소용돌이처럼 몸을 휘감아왔으나 한정유는 자리에서 꼼짝도 하지 않은 채 그들이 은연중에 뿜어낸 기세들을 그대로 받아들였다.

이무천의 안색이 슬쩍 변한 것은 한정유의 몸에서 마주 뿜어져 나온 기세가 그들의 기세에 맞서 조금도 흔들리지 않는다는 걸 확인한 후였다.

"충분히 들었어. 직접 마주 대하니 들은 것보다 훨씬 더 대단한 것 같군. 하지만, 혼자 힘으로 우릴 전부 상대하기는 힘들 거야. 그렇지?"

"하고 싶은 말부터. 그런 위협은 애들이나 하는 짓이오. 당신들이 전부 덤벼도 내가 작심하고 빠져나간다면 막지 못한다는 걸 알 텐데?"

"얼마나 도망 다닐 수 있다고 생각하나?"

"내가 도망만 다닐 거라 생각하시오?"

"그럼?"

"당신들이 허튼짓을 하는 순간 지옥이 펼쳐지지. 당신들의 길드가 하나씩 야금야금 철저히 무너지게 될 거요. 결국 당신들의 목숨까지 전부 다."

"자신있나?"

"자신있으니까 남았지."

"우리만 그럴까? 자네의 가족, 태풍OR, 일도회, 천왕회까지 싸그리 죽을 거야. 자네가 지키려 했던 대통령과 그의 수족들 전부."

"재미있겠네. 대한민국이 피로 도배가 되겠어. 우리 누가 더 많이 죽이나 시합 한번 해볼까?"

"협박이 잘 안 먹히는구만."

"자, 쓸데없는 소리 말고 가져온 거나 꺼냅시다."

단호하게 끊었다.

어차피 회장들만 왔다는 건 자신의 예상처럼 판이 짜여졌다는 걸 의미했기 때문이다.

이무천이 회장들의 얼굴을 돌아봤다.

그런 후 쓴웃음을 지으며 천천히 입을 열었다.

"태풍 길드의 승격을 승인하겠네. 그게 자네들이 원하는 거였잖아."

"자꾸 말을 빙빙 돌리시네. 이쯤 되면 패를 솔직하게 깔 때도 되지 않았나. 알면서 말을 빙빙 돌리는 건 취미요, 아니면 유리하게 끌고 가겠다는 거래 방식이오?"

"둘 다."

"자, 쉽게 갑시다. 고, 아니면 스톱?"

"좋아, 그럼 단도직입적으로 말하지. 명목적 사법권 회수는 용인하겠네. 자네들이 길드 승격보다 길드 통제국에 관심이 많다면 그렇게 해. 우리가 양보하지. 길드협회에서 하던 임무 정도는 넘겨주겠다는 뜻이야."

"그 정도 가지고는 안 된다는 거 잘 아실 텐데?"

"그럼?"

"길드는 정치 쪽에서 완전히 빠지시오. 그러면 우리도 다른 것은 상관하지 않을 테니까."

"머리가 좋구만. 정치가 대통령에게 넘어가면 다른 것도 서서히 넘어가게 되지. 그건 곧 길드의 힘이 약화되는 결과로 나타날 거야. 자네는 기어코 길드를 장악할 생각이구만."

"힘의 논리, 무인의 법칙. 당신들이 나를 넘어서지 못하는 이상 어차피 길드는 나에게 장악될 수밖에 없어. 죽지 않으려면."

"건방진!"

"당신은 당신의 제안을 했고, 나는 나의 제안을 했으니 이제 칼로 증명합시다. 당신들, 어차피 그걸 확인하기 위해 온 거잖아. 안 그래?"

한정유가 한 발자국 뒤로 물러서며 무극도를 슬쩍 들어 올렸다.

그러자 그동안 침묵을 지키고 있던 JK 길드의 회장 황선상의 입이 스르륵 열렸다.

"이 회장님, 손이 근질거려 참기 힘들군요. 할 이야기를 전부 끝냈으니 저 친구 말대로 이제 시작합시다. 이번 판은 어차피 무력으로 해결해야 되는 일이었잖소. 정치 쪽까지는 우리도 예상한 거니까 더 이상 시간 끌지 맙시다."

"그럴까요."

그의 한마디에 모든 게 요약되었다.

오기 전, 회장들은 제안의 한계를 설정하고 온 것이 틀림없었다.

정치를 양보한다고 해서 길드의 힘이 줄어드는 건 아니다.

경제와 언론, 사회를 장악하고 있는 이상 정치를 넘겨준다 해도 길드에 손해될 일은 별로 없었다.

물론 사법권 회수를 통해 길드협회의 임무를 넘겨주는 것은 문제다.

길드 관련 업무와 예산에 관한 것은 커다란 문제가 없으나, 감찰 업무를 지녔기에 길드의 직접 통제가 가능해진다.

그동안 길드협회는 길드의 가려운 부분을 해결해 주는 존재들이었다.

길드에 반기를 드는 자들을 소리 소문 없이 해치우거나 길드 간의 작은 분쟁들을 조정해 주는 역할을 해왔지만 천왕회에 넘어간다면 문제가 발생될 공산이 컸다.

그럼에도 거기까진 양보가 가능하다.

2백 명의 병력, 그것도 20명의 스페셜 마스터와 현경의 고수 강신쾌까지 혼자 힘으로 박살 낼 정도라면 한정유는 무림 역사상 가장 강한 존재들 중의 하나였음이 틀림없었다.

보고를 들으며 최대한 표정을 숨기려 노력했지만 얼마나 놀랐는지 모른다.

특급 중추령을 박살 내다니. 그것도 혼자!

무림 역사를 되돌아보면 백 년에 한 번 꼴로 그런 강자가 나타나곤 했지만, 막상 소식을 듣자 전율이 솟구쳐 올랐다.

회장들이 이무천의 전화 한 통에 전부 이 자리에 모인 것도 그런 이유 때문이다.

절대고수가 출현했다는 것은 근본적으로 길드의 존재 자체가 흔들릴 수밖에 없으니 얼마간의 양보를 하는 한이 있더라도 기득권을 확보하는 길을 열기 위함이다.

물론 그런 양보를 하기 위해서는 한정유가 자신들의 예상처럼 막강한 존재여야 된다는 전제 조건이 따른다.

그랬기에 확인하려는 것이다.

과연 그의 무력이 어느 정도인지를.

한정유는 천천히 장검을 꺼내는 이무천을 바라보며 무극도를 꺼냈다.

이자들.

자존심일까, 아니면 무인으로서의 승부욕이 강하게 발동된 걸까.

행동으로 모든 것을 알 수 있었다.

회장들은 이무천이 장검을 들고 전권으로 나서자 마치 허깨비처럼 20m 정도 뒤로 물러났다.

결코 두 사람 간의 결투에 끼어들지 않겠다는 행동이었다.

이런 건 마음에 든다.

다섯이 전부 한꺼번에 몰려들었다면 자신이 아무리 지천의 경지에 올랐다 해도 악전을 면치 못했을 것이다.

지천에 올랐음에도 그 경지의 한계를 확장하기 위해서는 아직 시간이 필요했다.

더군다나 이곳에 온 회장들은 모두 현경에 든 자들로 협공을 해온다면 위험해질 가능성이 컸다.

그럼에도 자신을 죽이지는 못한다.

나를 죽이기 위해서는 저들 모두가 지천의 경지에 올라 있어야 가능하다.

"칼에는 눈이 달려 있지 않고, 칼을 꺼낸 무인은 절대 대충 끝내지 않는 법이지. 그러니… 당신, 죽고 싶지 않다면 적당한 선에서 뒤로 물러나도록. 자, 그럼 시작해 볼까!"

무극도를 앞으로 내민 채 무극진기를 끌어 올렸다.

현경에 든 자와의 결투.

즐거움으로 인한 흥분이 가슴속에서 스물거리며 피어올라 온몸으로 퍼져 나갔다.

강신쾌와의 결투는 유희였다.

그랬기에 섬전십삼뢰의 모든 초식을 펼쳐 상대의 무공을 탐했고 오랜 시간 동안 무예의 극치인 정, 중, 동의 묘리를 즐기며 승부를 길게 끌고 갔다.

하지만 지금은 다르다.

다섯의 절대고수들.

이들을 모두 상대하기 위해서는 압도적인 위력으로 최단 시간 내에 승부를 보는 것이 최상의 선택이다.

이무천의 검에서 푸른빛 검기가 줄기줄기 새어 나왔다.

무려 칠 척에 달하는 검기였다.

바람이 휩쓸고 지나가는 황량한 청와대의 벌판을 가로지르며 이무천의 검이 한정유를 향해 움직였다.

눈 깜짝할 사이에 전진된 그의 검은 거대한 그물이 되어 폭우처럼 내리꽂혔는데, 마치 무수한 유성이 떨어지는 것처럼 보였다.

한눈에 알 수 있었다.

이무천의 검은 이 세계에 와서 한 번도 겪어보지 못한 절대의 검이었다.

온 천지를 아우른 광휘.

그물이 되어 쏟아지는 유성은 그 하나하나가 전부 실체였고 죽음의 사자들이었다.

그의 공격에 맞서 한정유는 지체 없이 섬전십삼뢰의 후삼식을
꺼내 들었다.

그도 알고 상대도 안다.

이무천이 펼친 가공할 검기의 그물은 강신쾌가 죽기 전 펼쳤
던 마지막 비기보다 더 강했다.

그 역시 한정유가 시간을 끌지 않을 거란 판단을 내렸기에 자
신이 지닌 최후의 절초들을 꺼내든 것이 분명했다.

한정유는 검기의 그물을 향해 그대로 뛰어들며 천지(天地)를
시전했다.

하늘과 땅을 단숨에 갈라 버릴 정도로 강력한 위력을 지녔다
해서 붙여진 이름이 바로 천지이다.

무극도가 종횡되며 무차별적인 속도로 수없이 많은 잔상을 남
기며 허공을 갈랐다.

콰르릉, 쾅, 쾅……

투명하게 변한 도기가 이무천이 펼쳐낸 검기의 그물과 부딪치
며 장엄한 불꽃을 피워냈다.

손아귀를 움찔거리게 만드는 충돌.

무극진기로 온몸을 휘감았음에도 충돌이 생길 때마다 가슴
을 답답하게 만드는 압박이 생성되었다.

그만큼 이무천이 펼친 공세는 대단했다.

교묘하다, 그리고 원활했으며 진퇴의 순간이 더없이 찬란하다.

이무천의 신형은 보였다가 사라지기를 반복하며 한정유의 주변을 끝없이 맴돌았다.

절대고수 간의 싸움은 이렇다.

내공이 현경을 지난 고수들의 격돌은 비세가 쉽게 나타나지 않는다.

비록 한정유의 막강한 내공을 견디지 못하고 물러섰으나 이무천은 충격을 흡수시키며 자신의 비기들을 끝없이 펼쳐내고 있었다.

그들이 부딪칠 때마다 주변은 쑥대밭으로 변해갔다.

공간은 압축과 팽창을 반복하며 수많은 회오리를 생성시켰고 보도블록과 잔디밭은 도기와 검기의 위력을 견디지 못한 채 걸레로 변해갔다.

그러나, 그럼에도 그는 한정유의 전진을 막지 못했다.

한정유의 전진에 두 사람의 전장은 계속 이동되었는데 이무천이 일방적으로 밀리는 형세였다.

　　　*　　　　　*　　　　　*

"어허, 어허……."

두 사람의 격돌을 지켜보던 JK 길드의 황선상으로부터 연신 탄식이 흘러나왔다.

이런 싸움을 어떻게 표현할 수 있을까.

대결이 시작된 이후 20여 분 동안 이무천은 단 한 번도 전진하지 못한 채 뒤로 밀렸다.

절대의 경지에 도달한 고수들의 대결에서 이런 현상이 벌어지는 이유는 오직 하나.

내공과 지닌 비기에서 차이가 난다는 뜻이다.

이무천의 무공은 경천동지 그 자체였다.

일검, 일검에서 뿜어져 나오는 검기의 위력은 산악을 부술 듯 강했고 비기의 수발과 전환은 압권이란 표현이 무색할 정도로 완벽했다.

그럼에도 단 한순간조차 비세를 만회하지 못하고 있으니 결국 이 싸움의 결과는 정해진 것이나 다름없다.

한정유의 무극도가 도기를 흩날리며 떨어질 때마다 손바닥에서 땀이 흥건하게 새어 나왔다.

투명한 도기의 위엄에 머리털이 곤두섰다.

심도의 경지.

인간의 힘으로 심도의 경지에 올랐으니 저자는 지천에 오른 자가 분명하다.

이무천이 현경의 경지에 오른 고수라 한들 어찌 지천에 오른 절대고수를 이길 수 있으랴.

그럼에도 두려움보다 기대감이 앞섰다.

무인으로서 지천에 오른 고수와 대결할 수 있다는 것은 죽음을 뛰어넘는 감격과 기쁨이다.

슬쩍 옆을 돌아보자 나머지 회장들도 눈을 부릅뜬 채 두 사람의 대결을 지켜보며 얼굴이 붉게 달아올라 있었다.

그들 역시 자신처럼… 한정유와의 대결 순간을 간절하게 기다리고 있음이 분명했다.

*   *   *

"헉, 헉……. 그만하세!"

거대한 폭음과 함께 5m나 뒤로 튕겨 나간 이무천이 검을 내렸다.

그의 얼굴은 마지막 충돌로 인해 충격을 받았는지 새하얗게 질렸는데 입에서 핏물이 조금씩 새어 나오고 있었다.

내상을 입었다는 뜻이다.

만약 패배를 시인하지 않았다면 후속 공격으로 인해 목숨까지 위험해질 판이었다.

"잘 생각하셨소."

"정말… 대단하군. 심도의 경지에 올랐을 줄이야……."

"다른 사람들이 기다리니 그만 가서 쉬시오. 기다렸다가 저녁밥 드시고 가시든가."

"농담이 춤군그래."

이무천이 쓴웃음을 지으며 자신의 검을 거두었다.

그런 후 한정유를 한참 동안 바라보다 천천히 일행들이 있는 곳으로 걸어갔다.

어깨는 처지지 않았다.

부끄럽지도 억울할 이유도 없었다.

직접 검을 부딪쳤고 자신이 이길 수 없는 존재와 원 없이 싸웠으니 무인으로서 왜 부끄럽겠는가.

한정유는 JK의 황선상부터 해동 길드, 정한 길드, 서호 길드의 회장들을 차례대로 상대했다.

잠깐의 망설임과 고민도 있었다.

이왕 시작했으니 한둘 정도는 목숨을 끊어놓거나 병신으로 만들어야 한다는 차가운 이성이 자꾸 유혹을 해왔다.

무력으로 세상을 지배하기 위해서는 아예 싹을 잘라놓아야 후환을 없앨 수 있다는 것을 너무나 잘 알기 때문이다.

그럼에도 한정유는 회장들이 패배를 인정하고 뒤로 물러서면 더 이상 공격하지 않았다.

물론 그들을 죽이기 위해서는 자신 역시 그에 못지않은 위험을 감수해야 한다.

그들은 현경에 든 고수들이었으니 막상 생사도가 펼쳐진다면 본원진기까지 끌어 올려 동귀어진으로 마지막 최후를 맞이할 게 분명했다.

다섯 모두 내상을 입었다.

처음 상대했던 이무천이 가장 가벼웠고, 마지막 상대했던 서호 길드의 우정원은 각혈을 멈추지 못할 정도였다.

아쉬웠지만 이 정도로 그치는 게 맞다는 생각이 들었다.

그들은 대한민국의 힘이다.

끝없이 던전이 열리는 이 모멸 찬 세계에서 국민들을 지키는 최후의 보루였으니 최대한 온전하게 보내주는 것이 맞다.

회장들이 떠나는 것을 말없이 지켜봤다.

그들은 모든 결투가 끝나자 정중하게 예의를 표한 후 왔던 것처럼 플라잉카를 타고 하늘 저편으로 사라져 갔다.

한 번의 싸움으로 그들이 자신에게 온전히 고개를 숙일 리는 없다.

평생 동안 쌓아올린 부와 권력을 한 번의 패배로 전부 바칠 거란 생각은 낭만에 젖은 호사가의 어리석음에 지나지 않으니, 처음부터 완벽하게 무너뜨릴 생각이었다면 모조리 죽이는 것이 맞았다.

그럼에도 미련은 없다.

자신은 그들을 꺾음으로써 소기의 목적을 달성했고 길드는 오늘의 패배로 인해 명목상으로나마 앞으로 출범할 길드 통제국의 지휘를 받게 될 것이다.

플라잉카가 점이 되어 더 이상 보이지 않을 때, 동편 담장을 넘어 두 개의 인형이 날아왔다.

바로 문호량과 김도철이었다.

"뭐냐, 너희들. 안 갔어?"

"갔다 왔지. 궁금해서 견딜 수가 없잖아. 이런 구경거리를 또 언제 보겠어. 그래서 내가 호량이를 꼬셨다."

김도철이 장난스럽게 대답했다.

하지만 그들이 왜 왔는지 금방 짐작되었다.

놈들은 만약을 위해 다시 왔을 것이다. 국내 최강이라는 길드 회장들과의 싸움에서 자신이 잘못될지도 모른다는 걱정 때문에.

그래서 웃음이 나왔다.

웃은 건 문호량과 김도철도 마찬가지였다.

친구들은 이렇다.

눈빛만 봐도 상대의 의중을 파악할 수 있다는 건 마음과 마음이 오랜 시간을 지나 합쳐졌다는 걸 의미했다.

"우리 정유, 많이 착해졌어. 예전 같았으면 일단 죽이고 봤을 텐데 어떻게 참았냐?"

"칼이 지가 알아서 멈추더라. 이놈이 주인 말을 잘 안 들어."

"표현력 좋으시고."

"무림에 있을 때와는 상황이 다르잖아. 써먹어야 되는데 다 죽이면 어떡해."

"푸하하! 머리도 좋아졌네. 그래, 회장들이 뭐라디?"

"우리 예상대로였어. 그자들은 내가 제시한 것을 받아들였다."

"여우들이야. 아마, 회장들은 기득권을 이용해서 충분히 우릴 커버링할 수 있을 거라 생각했겠지."

"똑똑하다고 해야 되나. 아니면 영악하다고 해야 되나?"

"물구멍을 하나 뚫어놓으면 시간이 지날수록 점점 커진다는 걸 그자들도 알아. 그럼에도 양보를 할 수밖에 없었던 건 네가 그만큼 강했기 때문이다. 만약 네가 조금이라도 약한 모습을 보였다면 그자들은 여기서 너를 죽였을 거야."

"알아. 그래서 이런 계획을 세운 거 아니냐. 자신 있었으니까."

"너라서 가능했던 일이다. 그래서 난 네가 자랑스러워."

"입술에 침 좀 발라, 오늘 힘썼더니 술이 땡기네. 들어가서 한잔할까?"

"좋지."

"일이 끝났으니 병력 다시 불러. 대통령을 경호해야지?"

"그렇지 않아도 네가 이기는 걸 보고 비천대를 불렀다. 어차피 청와대 경호는 걔들이 맡기로 했잖아."

"역시 우리 호랑이가 일 하나는 잘해."

"앞으로는 바빠지겠어. 대통령 날개도 달아드려야 하고 길드 협회도 접수해야 되고. 우리 정유는 감투도 써야 되고."

*　　　*　　　*

대통령 유정호는 벙커에 숨지 않고 집무실에서 한정유의 싸움을 지켜봤다.

어차피 한정유가 떠나면 벙커에 있으나 여기에 있으나 죽는 건 마찬가지이기 때문이었다.

창을 통해 대통령은 한정유와 회장들의 싸움을 지켜보고 꼼짝하지 못했다.

신들의 싸움.

그동안 초인들의 강력한 힘을 수도 없이 봐왔지만 청와대의 들판에서 벌어진 싸움은 그야말로 신들의 전쟁 그 자체였다.

사람이 어찌 하늘을 날아다닌단 말인가.

총도 아니고 대포도 아닌 칼과 검으로 청와대의 그 넓은 들판을 쑥대밭으로 만들었는데 거대한 정원석과 아름드리나무들이 남아난 게 없을 정도다.

그저 희끗한 그림자만 움직이는 것처럼 보였다.

그리고 그 그림자들은 시린 빛을 뿜어내며 천둥과 번개를 만들어냈으니 귀신이라 불러도 이상할 게 없었다.

새삼 자신의 꿈이 어리석게 느껴졌다.

저런 자들을 제도권 아래 두어 통제하고자 했던 자신의 생각이 새삼 헛된 망상에 불과하다는 생각이 들었다.

싸움이 끝나고 한정유가 친구들과 함께 현관 쪽으로 다가오는 걸 보며 천천히 걸어 나갔다.

두려웠다.

회장들을 모두 무찌르고 돌아오는 한정유의 모습이 마치 지옥에서 튀어나온 아수라처럼 느껴졌다.

그가 이겼다는 것이 기쁘지 않았다.

이런 자를 어찌 자신이 통제할 수 있단 말인가.

자신은 어쩌면 탐욕에 젖은 늑대 대신 누구도 물어뜯을 수 있는 호랑이를 불러들인 건지도 모른다.

그럼에도 표정을 감추고 그에게 다가갔다.

마지막 희망.

남자로서의 약속을 지키겠다는 그의 말이 아직도 귓가를 맴돌고 있으니 마지막 희망의 끈을 놓치고 싶지 않았다.

"고생했습니다, 한정유 씨."

"아닙니다. 약속을 지킬 수 있게 되어 다행입니다."

"정말 약속을 지킬 생각이오?"

"아직도 저를 못 믿으시는군요. 대통령님, 저는 길드회장들에게 정치에 관여하지 않겠다는 약속을 받아냈습니다. 그러니 대통령님은 이제 제대로 된 정부로 국민들을 위해 일하실 수 있게 되었습니다. 그동안 그들의 꼭두각시 역할을 했던 국회의원들과 사법계 쪽에도 완전히 손을 떼는 것으로 했으니 정치는 이제 제자리를 찾게 될 것입니다."

"정말이오?"

"그렇습니다. 그들은 저와의 약속을 지킬 겁니다. 그렇지 않으면 제가 용서치 않을 테니까요."

"고마운 말씀인데……. 그렇게 되었을 때 한정유 씨가 얻는 건 뭡니까?"

대통령의 질문에 한정유가 쓴웃음을 지었다.

정치인은 정치인이다.

처음 두려움에 차 있던 얼굴은 어느새 평온을 되찾았고 곧이어 핵심을 찔러왔다.

오랜 세월을 살아온 경륜과 경험, 그리고 정치인으로서의 탁월한 감각은 한정유가 다른 목적이 있음을 간과하지 않았다.

그랬기에 한정유는 대통령을 똑바로 응시하며 천천히 입을 열었다.

줄 건 주고 받을 건 받는다.

"정치를 내놨지만 사회, 경제, 언론 등에서 아직도 길드의 힘은 막강합니다. 그것을 장악하지 않는 한 대통령님은 길드의 영향력에서 완벽하게 벗어나긴 힘들 겁니다. 대통령님도 직접 눈으로 보신 것처럼 길드의 구성원들은 전부 초인들입니다. 일반인들로서는 전혀 통제가 안 되는 존재들이죠. 제 목적은 길드 통제국을 만들어 길드를 완벽하게 장악하는 것입니다. 그래서 그들이 현실 세계에 위력을 발휘하지 못하도록 만들 생각입니다. 대통령님이 간절하게 원하는 그런 세상을 제가 만들어 드리겠다는 뜻입니다. 대신, 대통령님은 길드의 일에 관여하지 말아주십시오. 초인들에게는 초인들의 세상이 있는 법이니까요."

제28장

사도련

청와대 춘추관.

내외신 기자 100여 명이 대통령의 특별 담화문을 기다리는 중이었다.

최근 2주 동안 대통령은 언론을 향해 무차별적인 폭격을 때렸다.

처음에는 당황했고, 그 다음엔 놀라움을 숨기지 못했으며 지금 현재는 대통령의 안위가 걱정되어 담화문을 발표한다는 소식을 들으면 저절로 얼굴이 굳어질 정도다.

경호실장의 교체, 곧이어 전면적 내각 단행, 사법권 회수.

그 모든 것은 길드와 각을 세우는 일들이었다.

불쌍했지만 도와줄 수 없었다.

국민이 뽑았음에도 모든 권력을 뺏긴 대통령을 도와주기엔 길드의 힘이 너무나 막강했다.

올바른 보도를 하다가 소리 소문 없이 사라진 기자들의 숫자는 손으로 헤아릴 수조차 없을 정도였으니, 점점 언론은 손이 있어도 쓰지 못하고 입이 있어도 말하지 못하는 병신이 되었다.

"이번엔 또 뭘까?"

"내가 귀신이냐. 아무도 모르는 걸 왜 나한테 물어!"

"답답해서 그러지."

대한일보의 정경호가 한숨을 길게 내리누르며 출입구 쪽으로 시선을 던졌다.

아직 5분 정도 남았기 때문에 앞뒤를 빼곡하게 차지한 기자들은 두런거리며 대화를 주고받는 중이었다.

"설마… 사법권 회수에 대한 후속 조치를 말하는 거 아닐까?"

"절대 아냐. 그동안 길드들이 왜 참았는지 모르겠지만 정말 거기까지 나가면 대통령 얼굴 보기 힘들 거다. 아니, 어쩌면 길드는 그 일 때문에 벌써 움직이고 있을지 몰라."

"너도 알잖아. 대통령 뒤에 누군가 있다는 거?"

"있으면 뭐 해. 산신령 할아비가 와도 안 되는 건 안 되는 거야."

"세상일은 모른다. 대통령이 강수를 두고 있는 걸 보면 아무래도 뭔가 있어. 직감이 그래. 이번에 뭔가 큰 걸 터뜨릴 것 같아."

"그놈의 직감……."

허창환의 말에 정경호가 질책을 주기 위해 입을 여는 순간, 웅성거리던 춘추관이 순식간에 쥐 죽은 듯이 조용해졌다.

비서실장이 들어오며 대통령의 입장을 알렸기 때문이다.

모든 카메라가 동시에 터지기 시작했다.

대통령 윤정호가 먼저 들어왔고 그 뒤를 따라 양복을 입은 세 명의 사내가 따라 들어왔다.

그토록 조용했던 춘추관이 대통령을 따라 들어온 세 명의 사내 중 한 명을 확인하는 순간 아수라장이 되었다.

대한민국의 아이콘이자 히어로전의 영웅 한정유였기 때문이다.

"한정유다, 한정유야!"

"한정유가 왜 나왔지. 도대체 무슨 일이야!"

번쩍이며 터지는 카메라 불빛 사이로 기자들의 의문 섞인 목소리가 한동안 울려 퍼졌다.

기자들로서는 전혀 의외의 인물이었고, 한정유의 존재 가치가 가진 충격이 그만큼 컸다.

대통령 윤정호는 소란스러워진 기자들을 바라보며 잠시 단상에 서서 기다렸다.

정치 생활 30년 동안 이런 경우는 수도 없이 봐왔기에 잠시만 기다리면 조용해진다는 걸 알기 때문이다.

그의 입이 천천히 열린 것은 예상대로 기자들의 소란이 가라앉았을 때였다.

"국민 여러분. 저는 오늘 국민 여러분께 중요한 사실을 알려 드리기 위해 이 자리에 섰습니다. 제가 5일 전에 말씀드린 사법권 회수는 대한민국에서 살아가는 모든 사람이 법 앞에서 동등해야 된다는 원칙을 지키기 위함이었으며……. 따라서, 오늘 저는 그 후속 조치로 사법권 회수를 위한 전담 기구의 발족을 알려 드립니다. 전담 기구의 명칭은 길드 통제국이며 여기 계신 한정유 씨를 초대 국장으로 임명하는 바입니다."

10여 분간 사법권 회수의 목적과 중요성을 역설하던 대통령의 입에서 차마 믿지 못할 말들이 튀어나왔다.

기자들은 입을 연 채 잠시 동안 아무런 반응조차 보이지 못했다.

워낙 충격적인 사실이라 도저히 믿겨지지 않았기 때문이다.

"길드 통제국이 발족하면서 앞으로 길드 연합은 해체된 후 헌터들에 대한 사법권한은 정부 조직인 길드 통제국이 관할하게 될 것입니다. 이에 불응하는 헌터 및 각성자들은 법이 정한 형량에 따라 엄정하게 처벌될 것이며……."

기자들은 떠나는 대통령과 한정유를 멍하니 바라보았다.

　애당초 질문을 받지 않겠지만 기자들 역시 너무 충격적이라 질문할 생각조차 하지 못했다.

　그러다가 미친 듯이 자리를 박차고 뛰어나가기 시작했다.

　기자의 본능과 직감.

　은밀하게 떠돌던 청와대에서의 전투.

　그리고 한정유과 낯선 자들의 출현.

　대충 그림이 그려졌고, 대통령의 뒤에 있던 자들로 인해 상황이 변했다는 것도 짐작이 되었다.

　그랬기에 기자들의 가슴은 정신없이 뛰기 시작했다.

　특종이다.

　온 나라를 뒤흔들 만한 특종이 만들어진 것이다.

＊　　　　＊　　　　＊

　국민들은 특종으로 터진 대통령 특별 담화를 보면서 발칵 뒤집혔다.

　저간의 사정을 알지 못하니 당연한 일이다.

　사법권 회수의 발동에 이어 길드 통제국이란 기구가 신설되었고 그 초대 수장으로 한정유가 임명되었으니 사람들은 놀람을 감추지 못했다.

　"사진 잘 나왔네."

"나보다 도철이가 더 잘 나왔어. 무게 잡는 것 좀 봐. 어깨에 힘이 팍 들어갔잖아."

문호량이 신문에 난 사진을 쓰다듬으며 말하자 김도철의 안면 근육이 씰룩거렸다.

"긴장돼서 그래. 난 그렇게 많은 기자들 앞에는 처음 서 봤다."

"앞으로는 종종 서게 될 거야. 감찰단장을 맡았으니까 언론과 친하게 지내."

"걱정하지 마라. 나도 말은 잘하니까. 그런데 길드협회는 언제 접수할 거냐?"

"최대한 빨리 끝내야지. 길드 쪽에 통보해 놨으니 지금쯤 요원들을 복귀시키고 있을 거야."

"자유롭게 살다가 얽매어 살 생각하니까 머리가 지끈거려. 난 현장 체질이라 누구 뒤를 캐서 잡아 족치는 건 안 맞아."

"하다 보면 요령이 생기겠지."

"대통령은?"

"내일 떠나겠다고 했다. 그 양반 요즘 정신이 없어. 얼마나 바쁘게 움직이는지 얼굴 보기도 힘들어."

"그렇기도 할 거야. 대통령의 권한을 되찾았으니 얼마나 흥분될까."

"우리가 잘 도와주면 돼. 길드의 숨통을 서서히 조여서 함부로 대통령한테 대들지 못하게 만들면 그 양반, 잘할 거다. 국민만 아는 사람이잖아."

한정유의 대답에 문호량과 김도철이 동시에 끄덕거렸다.

맞는 말이다.

청와대에서 보낸 것은 2주에 불과했으나 대통령과 함께하면서 그가 어떤 사람인지 충분히 파악할 수 있었다.

문호량의 입이 다시 열린 것은 한정유가 앞에 놓인 커피를 한 모금 마실 때였다.

"어이, 국장님. 길드 통제국의 조직도 갖춰졌는데 제일 먼저 뭘 하실 겁니까?"

"아주 좋은 질문이다. 전략단장이 그 정도 수준은 돼야지."

"농담하지 말고 말해봐. 난 정말 궁금해. 네가 이번엔 어떤 판을 벌일 건지 기대된다. 그러니 말해봐. 어떤 일을 할 거야?"

"쓰레기 청소."

"어떤 쓰레기?"

"그동안 길드 이 새끼들은 저희들 이익만 쫓느라 국민들이 고통받는 건 전혀 손을 쓰지 않았어. 그 대표적인 놈들이 사도련이다. 인신매매, 장기적출, 마약에 이르기까지 그 새끼들로 인해 사회 밑바닥은 무너질 대로 무너진 상태야. 나는 먼저 그놈들을 때려잡을 생각이다."

"흐으… 역시 한정유다. 처음부터 판을 크게 벌이는구나."

한정유의 대답을 들은 문호량이 머리를 절레절레 흔들었다.

정말 큰 판이다.

흑사회 뒤에는 두 개의 세력이 있었다.

정상적인 사업에 진출한 일도회와 다르게 사회 밑바닥에서 사람들의 등골을 파먹는 잔인한 걸레들의 집합체, 흑도회가 바로 그것이다.

일도회에 천왕회가 있다면 흑도회의 뒤에 있는 자들이 바로 사도련이었다.

아무도 사도련의 정체를 몰랐다.

오직 흑도회의 뒤에서 제왕으로 군림한다는 것뿐, 정확하게 알려진 사실은 아무것도 없었다.

사도련을 친다는 것은 청와대에서 길드와 벌였던 도박과 또 다른 성격이다.

길드와는 처음부터 끝장을 보려던 것이 아니었으나 사도련을 친다는 것은 사회 곳곳에 퍼져 있는 악의 존재를 완전히 도려낸다는 뜻이었다.

다시 말해 전쟁이 시작되면 엄청난 살육이 시작된다.

"반드시 먼저 처리해야 돼. 이건 내가 대통령에게 주는 선물이거든."

"어련하겠어. 그래도 사무실 열자마자 전쟁이라니 조금 그러네. 숨 좀 돌리고 하면 안 될까?"

"처리할 건 빨리빨리 처리하자고. 우린 할 일이 많잖아."

"또 뭐?"

"던전."

"언제?"

"사도련 제거하고 길드 모가지 좀 흔들어놓은 다음에."

"휴우, 널 만나고 나서 한시도 편할 날이 없어. 온통 사방이 지뢰밭이야."

"좋으면서 뭘 그래?"

"좋긴 뭐가 좋아. 예쁜 아가씨를 품어본 게 한 달이 넘었다. 너 때문에 내 안락한 삶이 다 망쳐졌어."

"그럼 날 떼놓고 예쁜 여자 품으로 가시든가."

*   *   *

청와대를 떠나는 날.

대통령은 현관까지 마중 나와 한정유 일행을 배웅했다.

그로서는 마치 살점이 떨어져 나가는 두려움이 들었을 것이다.

아직도 길드가 용인했다는 사실이 믿겨지지 않았다.

한정유 일행이 떠나면 당장에라도 길드가 보낸 자객들이 자신의 온몸을 난도질할 것처럼 느껴졌다.

그럼에도 그는 평온한 표정으로 한정유에게 손을 내밀었다.

"한 국장, 종종 찾아와 주시오."

"아닙니다. 이제 제가 대통령님을 만날 일은 없을 겁니다. 대신, 약속한 것처럼 뒤에서 도와드리겠습니다. 대통령님이 바른 정치를 할 수 있도록 길드를 완벽하게 통제할 테니 걱정하지 마십시오. 새로운 세상에서 국민들을 위해 깨끗한 정치를 해주십시오. 멀리서나마 대통령님의 건투를 빌겠습니다."

"참으로 냉정하구려."

"초인은 초인의 삶 속에서 살아가야 합니다. 제가 대통령님을 만나지 않으려는 건 그런 이유 때문이니 이해해 주시기 바랍니다."

"압니다. 알아요……."

"그럼 이만, 가보겠습니다."

정중하게 인사를 하고 걸음을 옮겨 대기하고 있던 플라잉카에 몸을 실었다.

하아, 이 양반.

다 늙은 사람이 뭐 하러 계속 서 있는 거야. 마음 아프게끔.

창공에서 우두커니 서 있는 대통령을 내려 보자 마음이 답답해져 왔다.

대통령은… 여전히 불안감 속에서 살아가게 될 것이다.

초인들이 활개 치며 괴물들을 처치하는 세계에서 보통의 인간으로, 그것도 국민들을 이끌어야 되는 책임을 진 이상, 양 어깨에 만근의 돌덩어리를 얹어 놓은 것처럼 힘들고 괴로운 시간들을 보낼 수밖에 없다.

10여 분을 날아가자 웅장한 길드협회의 건물이 눈으로 들어왔다.

태풍OR과는 비교조차 되지 않는 초현대식 건물로서 7층 건물이 삼각형으로 배치된 구조였다.

한정유와 일행들이 플라잉카에서 내리자 용천대를 이끄는 민기헌이 인사를 해왔다.

문호량은 천왕회의 전투부대 중 대통령 경호를 맡은 비천대를 제외하고 나머지 4개 부대를 먼저 보내 길드협회를 접수한 상태였다.

이들 4개 부대가 앞으로 길드 통제국의 손발이 될 특전부대였다.

예상대로 길드협회에 파견 나와 있던 길드의 헌터들은 전부 원래의 길드로 복귀했으나 건물에는 실무를 담당하는 실무 요원들과 건물 관리 담당 직원들이 그대로 남아 있는 상태였다.

"저 양반은 또 언제 왔대. 그런데 골든헌터였던 거 맞아?"
"은퇴한 지 오래됐잖아. 살도 쪘고."

뒤늦게 정신없이 달려오는 남정근을 바라보며 한정유가 혀를 차자 옆에 있던 김도철이 낄낄 웃었다.

양복을 휘날리며 달려오는 모습이 한 마리 곰으로 보였기 때문이다.

"아이고, 국장님. 어서 오십시오. 미리 나와서 영접하지 못해서 죄송합니다."
"이거 왜 이러세요. 소름 돋게."
"앞으로 상관으로 모셔야 될 텐데 최대한 예의를 갖춰야지요.

원래 2인자는 1인자한테 죽는 시늉을 하는 겁니다."

남정근이 빙글빙글 웃으며 마치 웨이터가 술자리를 안내하는 것처럼 손을 뻗었다.

기획본부장.

아주 틀린 말은 아니다.

그가 맡은 직책은 기획본부장이었으니 길드 통제국의 조직으로 봤을 때 2인자가 분명했다.

"앞으로 사장님이라고는 부르지 않겠습니다. 하지만, 말을 올리지는 마세요. 제가 불편해서 그럽니다."

"정말 그래도 돼?"

"그러라니까요."

"하하하……. 그럼 공식 자리만 예의를 차리지. 이제 들어가서 집무실 구경하자고. 내가 미리 와서 아주 멋들어지게 차려놨어."

호탕하게 웃으며 남정근의 안내에 따라 건물로 향했다.

그런 후 현관에 걸린 명패를 바라보며 걸음을 멈췄다.

명패의 중앙에는 황금빛으로 글자가 선명하게 새겨져 있었는데 폭과 길이가 족히 1m는 넘었다.

[길드 통제국(GUILD CONTROL OFFICE)]

한정유는 명패를 바라보며 하얀 이를 드러낸 채 웃었다.

무림이었다면 길드와의 전쟁은 이렇게 시작되지 않았을 것이다.

무림은 죽지 않으면 죽이는 곳이었으니 무극도를 펼치면 언제나 상대의 숨통을 끊어냈다.

그럼에도 후회되지는 않는다.

새로운 세상에 왔으니 그에 맞는 방식으로 군림하는 것도 꽤 재미있을 것이다.

*   *   *

상부에서 지시를 받은 길드 통제국 수천1팀장 김형철은 경찰의 협조를 얻어 최근 연이어 발생되고 있는 실종자들의 명단을 확보했다.

명단을 확인한 순간 저절로 얼굴이 일그러졌다.

최근 3개월 동안 실종된 숫자만 127명, 그 대부분이 20대의 젊은이들이었다.

아마 범위를 넓히면 그 숫자는 엄청나게 증가될 것이 분명했다.

단박에 감이 왔다.

실종된 사람들이 전부 20대라는 건 장기 밀매가 목적이란 걸 의미했다.

젊은이들의 것이 필요했겠지. 싱싱하고 탱탱한 장기들이.

그래야 좋은 값을 받을 수 있을 테니까.

경찰은 그렇게 많은 사람들이 행방불명된 걸 알면서도 검거할 생각도 의지도 아예 없었다.

처음엔 칠룡파와 백사파를 추적했으나 형사들이 12명이나 죽은 다음부터는 아예 검거를 포기했다고 들었다.

흑도회를 이루고 있는 50여 개의 조직들 중 장기 밀매가 주업인 자들은 칠룡파와 백사파다.

칠룡파와 백사파의 핵심 조직원들이 전부 각성자였기에 일반 형사들이 쫓는다는 건 애초부터 말도 안 되는 일이었다.

새벽 3시.

클럽들이 밀집된 홍대 앞 사거리는 아직도 젊은이들로 인해 북적거리고 있었다.

젊음은 뜨겁다. 그리고 지치지 않는다.

삼삼오오 어둠을 헤치고 걸어가는 젊은 청춘들은 싱싱함 그 자체였다.

하지만, 전부 그런 건 아니었다.

젊음 속에서도 청춘들 모두가 행복한 건 아닌 모양이다.

거리 한편에, 또는 건물 귀퉁이에 쓰러져 있는 청춘들에게서는 그 끝을 알 수 없는 절망이 보였다.

벌써 잠복 일주일째.

김형철은 멀찍이 떨어져 술에 취해 쓰러져 있는 청춘들을 바라보며 담배를 빼물었다.

사회가 냉정하게 변한 건지, 타인의 삶에는 관여하지 않겠다는 이기심 때문인지 사람들은 정신을 잃고 쓰러진 청춘들에게 전혀 관심을 두지 않은 채 제 갈 길로 바삐 걸어갔다.

기약 없는 잠복.
지루하고 따분한 시간들이다.

경찰들은 칠룡파와 백사파 조직원들에 대한 어떤 정보도 가지고 있지 않았기에 무작정 기다릴 수밖에 없었다.
왜 없냐고?
없을 수밖에. 사회에서 격리된 각성자들 대부분이 일상에서 완전히 벗어난 놈들이라 경찰의 레이더에 걸릴 정도로 허술하지 않았다.

길게 담배 연기를 뿜어내며 굳어진 어깨를 좌우로 꺾을 때, 봉고차 하나가 서서히 다가와 쓰러져 있던 청춘 앞에 서는 게 보였다.
세 명이 차에서 내렸다.
내려온 놈들은 쓰러진 청춘을 쓰레기 담듯 봉고차에 욱여넣었는데 건물 쪽에 앉아 있던 여자마저 순식간에 낚아채서 차 안으로 끌고 갔다.
정말 눈깜짝할 사이에 벌어진 일이었다.

"따라붙어!"

"예, 팀장님."

"다른 요원들에게 함부로 움직이지 말라고 전해. 섣불리 건드렸다가 놓치기라도 하면 말짱 도루묵이다."

"알겠습니다."

그의 지시에 뒤에 있던 차일성이 즉각 무전기를 켜고 요원들에게 뒤처져 따라오라는 지시를 내렸다.

놈들이 움직이는 속도에 맞춰 천천히 따라붙었다.

봉고차는 유유하게 홍대 사거리를 우회전해서 신촌 쪽으로 방향을 잡았는데 전혀 서두르는 기색이 없었다.

봉고차가 다시 선 곳은 신촌 사거리를 끼고 돌아 골목길로 한참 들어간 후였다.

예상과 다르다.

나쁜 짓을 벌이는 놈들은 대체적으로 버려진 창고나 음습한 가옥, 낡은 건물에서 일을 벌이는데, 놈들이 들어간 곳은 초현대식으로 지어진 7층짜리 빌딩이었다.

납치한 청춘들을 어깨에 메고 들어가는 걸 확인한 김형철은 다시 담배를 빼어 물며 천천히 차에서 내렸다.

"요원들 도착하려면 얼마나 걸려?"

"5분 정도면 될 겁니다."

"동화야, 너는 여기 남아 있어. 일성이와 내가 먼저 올라갈 테니 요원들 오면 따라 들어와."

"알겠습니다."

토를 달지 않았다.

김형철과 차일성은 그가 염려해야 될 존재들이 아니었다.

현관문을 열고 들어서자 의자에 앉아 있던 놈들이 자리에서 일어나는 게 보였다.

척 봐도 각성자들이다.

"니들 뭐냐?"

"뭐긴 뭐야. 뱀 잡아먹는 독수리지. 여기가 뱀굴이라며?"

"이 미친 새끼가……."

두 놈이 동시에 뛰어오르며 칼을 뽑아 드는 순간 김형철의 신형이 팽이처럼 회전했다.

그냥 회전한 게 아니다.

그의 오른발은 놈들의 칼을 튕겨낸 후 전신에 무영각을 작렬시켰는데 연이어 가죽 북이 터지는 소리가 새어 나왔다.

놈들이 쓰러진 후 김형철이 앞으로 걸어 나가 버르적거리는 놈의 다리를 밟았다.

"데려온 사람들 어디 있어?"

"으… 난 모른다."

"이 씨발 놈이. 아직도 상황 파악이 안 된 모양이네."

그대로 발을 들어 다리를 찍었다.
콰직.
단 한 방에 다리가 부러지며 꺾여 나가는 순간 놈의 입에서
비명 소리가 새어 나왔다.
하지만, 김형철의 발은 이미 그의 팔을 밟고 있었다.

"다시 한번 묻겠다. 어디 있나?"
"몰라… 이 개새끼야!"
"모르면 죽어야지. 사람 장기나 팔아먹는 새끼들은 살 가치가
없어."

양쪽 팔, 남아 있던 다리, 그리고 갈비뼈가 전부 작살났다.
버티던 놈은 입에서 피를 흘리며 뻗었는데 살아도 앞으로는
정상적인 삶을 살기 힘들 것이다.

김형철의 눈이 옆으로 돌아 차일성을 잠시 바라봤다가 음성
이 다시 새어 나왔다.
다른 한 놈의 다리를 차일성이 똑같은 자세로 밟고 있었는데
명령만 내리면 즉시 부러뜨릴 기세였다.

"어디 있나?"
"으… 5층에 있습니다."

"일성아, 일으켜 세워. 데리고 가자."

엘리베이터를 타고 5층으로 올라가자 복도에 다섯 놈이 서 있는 게 보였다.

빌딩의 구조는 복도를 따라 양쪽으로 방들이 늘어서 있었는데 마치 벌집을 연상시키는 구조였다.

"죽일까요?"
"응. 한 놈만 빼고."

대답이 나오자 최일성의 손칼이 데리고 왔던 놈의 심장과 목을 찔렀다.

그런 후 곧장 칼을 빼 든 후 복도에 서 있던 놈들을 향해 움직였다.

그가 든 칼은 30㎝ 정도밖에 되지 않았고 반월형으로 구부러진 만도였다.

쇄도.

그의 칼이 번뜩이는 순간, 양쪽 벽을 타고 공격해 온 놈들이 먼저 쓰러졌고 정면으로 달려든 두 놈의 전신이 차례대로 잘려 나갔다.

화려하지는 않았지만 적들의 숨통을 끊어버린 그의 공격은 번개가 무색할 정도로 빠르고 정확했다.

그뿐이 아니다. 어느새 그의 칼은 마지막 남은 놈의 목줄기를 제압하고 있었는데 칼에서 연신 피가 떨어지고 있었다.

콰앙!

김형철은 차례대로 잠겨 있는 방을 열었다.

코를 찌르는 냄새.

여섯 개의 침대에 놓여 있는 방 안에는 젊은 남녀가 정신을 잃은 채 깊은 잠에 빠져 있었다.

한눈에 봐도 정상이 아니다.

놈들은 사람들의 정신을 제압하는 약물을 투입한 것이 분명했다.

이십 개의 방이 모두 똑같았다.

방마다 6명이 있으니 무려 120명이 놈들에게 제압되어 있는 상황이었다.

제압된 놈의 안내를 받아 4층으로 향했다.

그리고 거기서 지옥을 봤다.

인간은 과연 얼마나 잔인해질 수 있는 것일까.

7층에 있는 수술실에는 두 군데에서 장기가 적출되고 있었는데 침상에 누워 있는 시체는 온몸이 난도질되는 중이었다.

"조장님, 요원들이 도착했답니다."

"그럼 시작해. 빌딩 안에 있는 놈들은 한 놈도 살려두지 마. 이 새끼들은 인간 대접받을 필요가 없어!"

                    *   *   *

　사도련을 치기 위한 한정유의 전략은 간단했다.

　흑도회는 사도련의 주구였고, 현장에서 갖은 못된 짓을 서슴
지 않는 살인귀들이었으니 싸그리 청소해 버리는 것이었다.

　다시 말해, 손발부터 철저하게 잘라 버린다는 전략이었다.

　한 달 사이에 흑도회를 구성하고 있는 50개의 무리들 중 30개
를 박살 냈다.

　법?

　그런 건 필요 없다.

　일반인들을 짐승 다루듯 했으니 놈들이 죽을 이유는 수도 없
이 많았다.

　던전이 수시로 열리는 세계에서 초인의 존재는 더없이 소중했
으나 초인이라도 그런 놈들은 필요 없다.

　살인을 즐기는 놈들에게는 오직 죽음만이 정답이란 게 한정
유의 생각이었다.

　대신 한정유는 백사파를 비롯해서 보스들은 길드 통제국의
특별 감옥에 처넣었다.

　두 가지 이유가 있었다.

　하나는 그동안 놈들이 해온 짓을 고스란히 밝혀 길드 통제국
의 위상을 강화하는 것이었고, 다른 하나는 사도련의 정체를 알
아내기 위함이었다.

초인이라도 인간인 이상 고통 앞에서는 어제 먹었던 짜장면의
면발 숫자까지 게워내야 한다.

*　　　　*　　　　*

언론은 다시 한번 난리가 났다.

끔찍한 장기 적출의 현장, 폐인이 되어버린 마약쟁이들의 실
태, 납치되어 노예로 살고 있는 사람들, 권력자들의 성노리개가
된 소녀들.

그 외에 수많은 사회악들이 청소될 때마다 가감 없이 언론을
통해 국민들에게 알려졌다.

계속되는 특종의 연속.

국민들은 길드 통제국의 조치에 환호성을 지르며 반겼다.

사회 정의를 위해 범죄자들을 때려잡는 길드 통제국의 거침없
는 행동은 그동안 초인들에게 위축되어 온 사람들의 정신에 기
지개를 켜게 만들었다.

믿을 수 있는 존재가 있다는 것.

억울했음에도 말하지 못한 고충이 수도 없이 많았으나 지금까
지 벙어리가 되어 말문을 막고 산 것은 아무도 믿을 수 없었기
때문이다.

길드 통제국이 있는 이상 앞으로 그런 일은 없을 것이란 희망
이 솟아났다.

길드 통제국의 국장 한정유가 언론과의 인터뷰에서 법을 위반

하는 헌터나 각성자들은 단호하게 처벌하겠다고 공공연히 발표
했기 때문이다.

*   *   *

"나, 어제 텔레비전 봤어요. 정말 멋지게 나오던걸요."

"그랬나요. 하긴 내가 멋지긴 하지."

"호호… 자화자찬."

"오랜만에 나왔더니 좋네. 우리 유람선 탈까요?"

"좋아요."

한정유가 한강에 떠 있는 유람선을 가리키자 김가은이 반색
을 했다.

일주일 만의 데이트.

언제나 그렇듯 한정유와 김가은은 사람들의 시선을 의식하지
않았다.

사람들의 시선은 언제나 몰려든다.

길드 통제국을 맡아 연신 악을 처단하고 있는 한정유의 존재
는 영웅 그 자체였다.

김가은은 길드 통제국으로 들어와 한정유의 비서실장 역할을
맡았지만 이렇게 오붓한 시간을 가지는 건 쉽지 않았다.

한정유는 너무나 바빴다.

최근 들어 사도련의 하부 조직인 흑도회를 치면서 계속 공식 발표와 언론 인터뷰가 이어졌고 길드회장, 재계, 정계의 주요 인물 등 손님들의 발길이 끊이지 않았다.

유람선에 올라탄 후 선상에 있는 테이블에 자리를 잡았다.
선상에는 10개의 테이블이 놓여 있고, 한쪽에는 간단하게 먹을 수 있는 음식을 파는 곳도 있었다.

"배고프죠? 저기서 바베큐도 파는데 우리 저거 먹을까요?"
"좋아요. 맥주도 사 와요. 강물을 바라보며 분위기 있게 한잔해요."
"바베큐와 소주는 안 어울리겠지?"
"이씨… 맥주!"
"알았습니다, 공주님."

눈을 흘기는 김가은을 향해 밝은 웃음을 지은 한정유가 자리에서 일어나 플로어 바로 걸어갔다.
사람들의 웃음소리가 들렸다.
테이블 간격이 좁아서 그런가 사람들이 두 사람의 대화를 들은 모양이었다.

맥주와 바베큐가 담긴 접시를 들고 돌아왔다.
이미 구워져 있기에 기다릴 필요가 없었다.
사이좋게 나란히 앉아 바베큐를 안주 삼아 맥주를 마셨다.

연인들에겐 더없이 아름다운 한강의 야경은 강물과 하나가 되어 빛나고 있었다.

"우리 부모님이 정유 씨를 한번 보고 싶대요. 여동생은 팔짝 팔짝 뛰면서 언제 구경시켜 줄 거냐고 난리예요."

"아, 그래요. 그럼 시간 내야죠. 언제가 좋을까요?"

"우리 부모님은 언제라도 괜찮지만 정유 씨가 너무 바쁘잖아요."

"하하… 그건 그런데, 일이 어느 정도 마무리되면 괜찮을 겁니다."

"언제까지 할 거예요?"

"뭘 말입니까?"

"사도련 말이에요. 난 솔직히 두렵고 겁이 나요. 너무 많은 자들을 죽이는 것 같아서……."

"이왕 시작했으니 뿌리를 뽑아야 됩니다. 쓸모없는 쓰레기들을 완벽하게 처단해야 사회가 정상적으로 돌아갈 수 있어요."

"그런다고 해서 사도련을 잡을 수 있는 건 아니잖아요. 사도련이 남아 있으면 결국 또다시 그런 자들은 생겨날 거예요."

"압니다. 하지만 사도련도 얼마 남지 않았어요."

"그자들의 정체를 알아냈나요?"

"보스들을 족치고 있으니 곧 단서가 나올 겁니다. 그리고, 이렇게 알아서 오는 놈들도 있고!"

말을 끝냄과 동시에 한정유의 왼손이 김가은을 잡아당기며 뒤로 물러났다.

어느 정도 짐작하고 있었다.

유람선에 올라왔을 때 가장 좋은 위치에 있는 선상 테이블이 빈 것부터 이상했다.

10개의 테이블 중 5개가 차 있었음에도 선두 쪽 가장 좋은 위치가 비어 있다는 건 이치에 안 맞는 일이다.

역으로 공격을 받기에는 더없이 불리한 위치.

뒤로는 강물에 선두 쪽이다 보니 움직일 폭도 좁다.

쐐액!

오른쪽 앞 테이블에 앉아 있던 노파의 손을 떠난 포크들이 무서운 속도로 날아왔고, 동시에 왼쪽 테이블에 있던 중년 남자가 쇄도하며 검을 뿌렸다.

하지만 그건 시작에 불과했다.

정면에 있던 연인들까지 포함해 세 개의 테이블, 7명이 펼쳐낸 기습이 한꺼번에 들이닥쳤다.

한정유는 김가은을 뒤에 둔 채 자신을 향해 몰려드는 공격을 향해 무극도를 뿜어냈다.

살수들이다.

그것도 자신의 눈을 속일 정도로 완벽한 위장술과 기운을 숨긴 고수들이다.

무극도가 날았다.

완벽한 기습을 위해 기다리고 기다렸겠지만 이미 눈치를 챈 이상 살수들의 공격은 더 이상 위협이 될 수 없었다.

"가은 씨, 뒤에 있어요!"

한정유는 살수들이 펼쳐온 공격을 정면으로 맞받으며 앞으로 전진했다.

좁은 공간에 몰려 방어를 하는 게 더 위험하다.

이런 경우에는 최단 시간 내에 적들을 제압하는 것이 훨씬 효율적이다.

콰앙, 쾅, 쾅!

상대가 아무리 혹독한 수련을 쌓은 살수라 해도 어둠 속에서 익힌 검 정도로 한정유를 어찌한다는 건 잊을 수 없는 일이다.

무극도가 날아갈 때마다 한 놈씩 차례대로 튕겨 나가 선상에 처박혔다.

상황이 상황이니만치 한정유는 무극도에 조금의 사정도 두지 않았다.

순식간에 4명이 쓰러진 후 남은 3명이 좌우로 거리를 벌리고 섰다.

최후의 공격을 감행하기 위함이 분명했다.

역시 살수들이다.

충격을 받고 바닥에 쓰러졌던 자들 중 살아남은 두 명이 비틀거리며 강물로 뛰어드는 것이 보였으나 한정유는 무극도를 들어 올려 중앙에 서 있는 노파를 겨냥했다.

처음부터 그가 노린 것은 제일 먼저 공격을 시작한 노파였다.

날아온 포크에 담긴 경력은 스페셜 마스터급이었는데 다른 살수들과는 근본적으로 다른 기세를 지녔기 때문이다.

다른 놈들은 보내줘도 된다.

노파만 잡는다면 사도련에 대한 줄기를 뽑아낼 수 있을 거란 판단이 들었다.

살수들의 공격은 일정한 패턴이 있다.

먼저 하급살수가 공격하고 상급살수가 그 틈을 파고들어 치명타를 날리는 것이다.

그 패턴을 놈들은 그대로 적용했다.

좌우에 섰던 자들이 먼저 허공을 격하고 상단을 공격해 왔다.

번쩍.

선상을 휩쓰는 광휘.

먼저 공격해 온 자들을 일거에 도륙해 버린 한정유의 검이 노파가 날린 5개의 수리비도를 떨구며 앞으로 전진해 나갔다.

노파의 수리비도는 마치 기관단총처럼 연사되어 날아왔는데 비도가 날아오는 도중 갈라지며 수많은 파편을 생성시켰다.

무시무시한 비기다.

단순한 비도가 아니라 막강한 경력이 담겼으니 그 속도가 눈에 보이지 않을 정도였다.

한정유의 무극도가 팽이처럼 돌아 도막을 형성하며 수없이 날아온 수리비도를 차단한 후 허깨비처럼 움직이는 노파를 쫓았다.
다 늙어빠진 몸으로 비행하는 노파의 신형은 마치 한 마리 독수리를 연상시킬 정도였으나 무극도는 그보다 훨씬 더 빨랐다.

쾅, 쾅, 쾅!
마지막에 던진 수리비도는 노파의 손을 미처 떠나지 못한 상태에서 잡혔다.
무차별적으로 추적한 무극도가 비도를 든 그녀의 양 손가락마저 잘라 버렸기 때문이다.

"어딜, 도망가!"

손가락이 전부 날아간 노파가 선상의 난간을 밟고 강물로 뛰어드는 순간 한정유의 몸이 거짓말처럼 강물을 유영하며 그녀의 몸을 가로막았다.
어느새 무극도를 수습한 한정유가 단천열화권의 추(鎚)를 운용해서 강물로 떨어지는 그녀의 몸을 다시 선상으로 튕겨냈다.

양손가락이 전부 잘린 그녀의 마지막 발악은 발버둥에 불과했다.

단천열화권에 걸린 그녀의 몸은 바닥에 축 처졌는데 그 짧은 사이, 전신에 십이권이 적중했다.

"가은 씨, 오늘 데이트는 나중에 다시 합시다."

노파를 옆구리에 낀 채 한정유가 말을 하자 선두에 서 있던 김가은이 천천히 걸어 나왔다.

그녀의 얼굴에는 두려움이 하나도 들어 있지 않았다.

어쩌면 당연한 일이다.

냉염의 미소란 별명을 지녔을 만큼 뛰어난 헌터이니 살수들의 공격에 겁을 집어먹을 만큼 나약한 여자가 아니다.

"어쩌려고요?"

"단초를 잡았으니 뿌리를 캐야죠."

"같이 가요."

"가은 씨는 집으로 들어가세요. 험한 장면을 볼 필요는 없잖아요."

"휴우… 알았어요."

무슨 말인지 알아듣는다.

그녀도, 그도 앞으로 벌어질 일이 얼마나 잔인할지 너무나 잘 알고 있었다.

＊　　　　＊　　　　＊

"살수라. 사파 계열 놈들이 맞네. 하기야, 걔들은 그쪽으로 특화되어 있으니까. 그런데 입은 열었어?"

"알아냈다."

"어디?"

"테헤란로에 있는 정일 호텔이 놈들의 본부인 것 같아."

"설마. 혹시 그 노파가 사기친 거 아냐?"

문호량이 믿지 못하겠다는 듯 되묻자 한정유의 입술이 씰룩거렸다.

자신 역시 믿기지 않았으니 문호량의 반문이 당연하게 여겨졌다.

정일 호텔은 대한민국에서 세 손가락 안에 꼽히는 초특급 호텔이었던 것이다.

하지만, 정보는 확실했다.

한정유는 작심하고 노파를 지하 감옥에 데려간 후 요원들의 심문에도 묵비권을 행사하던 흑도회의 보스들까지 한꺼번에 엮어 분골착근수법을 펼쳤다.

분골착근수법은 혈도를 제압해서 뼈와 살이 뒤틀리게 만들고 정신까지 제압하는 고문술이었다.

분골착근수법이 시전되면 혼을 잃는다.

다시 말해 아무리 강한 의지를 가졌다 해도 알고 있는 건 전부 실토할 수밖에 없다는 뜻이다.

다른 놈들은 전부 모르고 있었지만 노파와 백사파의 보스 입에서 정일 호텔이란 이름이 나왔다.

그동안 특임대가 뼈마디를 잘근잘근 부숴도 대답하지 못했던 건 보스들이 처음부터 모르고 있었기 때문이다.

"둘의 입에서 나왔다면 확률이 크겠네. 그렇다면 사도련 회장이 호텔 주인이란 뜻인데……."

"가서 확인해 보면 되겠지."

"만약 아니라고 우기면?"

"그런 건 우긴다고 해서 우겨지는 게 아니야."

"하긴, 그렇지. 그럼 언제 갈 생각이냐?"

"지금."

"행동 빨라서 좋고. 그럼 애들 준비시키지. 정일 호텔을 치면 언론에서 난리가 날 거야. 각오해야 돼."

"우리가 언제 그런 거 신경 썼어."

"하긴."

문호량이 자리에서 일어났다. 통제국의 병력을 준비시키기 위함이었다.

그때 잠자코 있던 김도철의 입이 열렸다.

"그 새끼들, 이미 눈치챘을 거야. 두 놈이 빠져나갔다며?"

"당연히 눈치챘겠지. 하지만 괜찮아. 우린 정일 호텔만 장악하면 되니까."

"무슨 뜻이야?"

"어둠 속에서 사는 놈들은 눈치가 빠르니, 아마 전부 도망갔을 거다. 하지만 괜찮아. 길드 통제국의 이름으로 사도련을 박살냈다는 것 정도만 국민들한테 알려주면 돼. 그게 내가 오늘 정일 호텔에 가는 이유다."

"난리 나겠네. 우리 정유, 또 언론에 대문짝만 하게 나오겠어."

"넌 언론들 전부 그쪽으로 보내줘. 이왕 하는 거 화끈하게 판을 벌리자고."

"길드가 입맛이 쓰겠다."

"자꾸 모가지를 조르다 보면 고개를 숙이겠지. 명분 싸움에서 이기면 재계나 언론 쪽도 점점 넘어오게 되어 있어. 그렇게 되면 길드의 손발도 잘린다."

"언제부터 그렇게 똑똑해진 거야. 내가 아는 정유가 아닌 것 같아서 어떨 때는 소름이 돋아. 너 정말 정유 맞냐?"

"이 자식아. 그건 기본 중의 기본이다."

"그런데… 사도련 이 새끼들, 그냥 있지 않을 텐데. 이제 본격적으로 뒤통수를 치지 않을까. 이대로 물러설 놈들이 아니잖아?"

"그래주면 좋고. 어차피 벌어진 싸움인데 이대로 끝나면 서운하지. 도망갔어도 정일 호텔을 뒤지면 뿌리가 나올 테니까 끝까지 추적하면 놈들에 대한 단서가 나올 거야. 이제부터는 누가 더 지독한지의 싸움이 된다. 그리고 난 이런 싸움에서 져본 적이 없어."

"잠실에 경호 병력을 더 붙여야겠어. 가족들이 위험해."

"그러지 말고 유럽 여행이나 다녀오시게 해. 한 달 정도. 그 정도면 충분히 끝날 거야."

"그게 더 좋겠군."

"이제 일어서자."

한정유는 문호량과 함께 플라잉카를 타고 정일 호텔로 향했다.

테헤란로 중심에 우뚝 선 정일 호텔은 38층으로 외국인 바이어들이 가장 많이 이용했는데 내부 장식이 화려한 것으로 유명했다.

예상대로 길드 통제국의 병력이 도착했을 때 사무실은 텅 비어 있었다.

회장은 물론이고 호텔을 관리하던 직원들의 상당수가 사라졌고 남은 건 일반 직원들뿐이었다.

"이 새끼가 회장이야?"

"서길도란 놈이다. 나이는 52세. 집은 청담동이고 자식이 둘 있어. 애들을 청담동으로 보냈으니까 소식이 올 거야."

"척 봐도 싸가지 없게 생겼네."

"만약 사도련주가 아니라도 꽤 높은 곳에 있는 놈일 거야. 그랬으니까 회장 자리에 앉아 있었겠지."

"출국 금지는?"

"사라진 놈들 전부. 전국에 수배령도 때려놨어. 쉽게 잡히지는 않겠지만."

"샅샅이 훑자. 놈들의 손발을 전부 묶어 놓으면 기어나올 테지. 그런데 청담동에 안 가봐도 될까?"

"두 명의 대장들과 비문의 고문들까지 갔으니 괜찮을 거야. 사도련주, 그놈이 아무리 강해도 거기에 있으면 죽어."

"그럼 가자. 기자들 목 빠지게 기다리잖아."

정일호텔의 로비로 내려오자 200여 명의 기자들이 고개를 길게 빼들고 한정유가 나타나기를 기다리고 있었다.

요즘 들어 길드 통제국은 특종의 원천이었으니 기자들은 한정유가 부르면 그곳이 지옥이라도 마다하지 않는다.

병력에 의해 통제되어 라인을 넘어오지 못했기 때문에 기자들은 한곳에 옹기종기 모여 있는 상태였다.

한정유는 엘리베이터에서 내려 성큼성큼 기자들을 향해 다가갔다.

그런 후, 손을 들어 기자들의 소란을 가라앉히고는 천천히 입을 열었다.

"기자 여러분을 모신 건 그동안 사회 곳곳에서 인간 이하의 짓을 벌이던 흑도회의 배후 근거지가 이곳이기 때문입니다. 그들은 사도련이란 단체를 구성, 흑도회를 배후에서 조종했고 수많은 생명을 죽이거나 괴롭혀 재산을 축적한 악질 단체입니다. 길드 통제국은 그동안 검거했던 자들을 통해 이곳이 사도련의 본거지란 정보를 입수하고 은밀하게 검거 작전을 펼쳤으나 정일 호텔의 회장과 대부분의 간부들은 도망쳐 버린 상태입니다. 따라서, 저희 길드 통제국은 그들에 대한 출국 금지와 수배령을 내린 상태이며 끝까지 추적해서 다시는 국민들을 괴롭히지 못하도록 조치할 계획입니다."

한정유의 설명에 기자들이 난리 법석을 쳤다.
믿을 수도, 믿지 않을 수도 없는 말이었다.
국내에서 세 손가락에 꼽히는 정일 호텔이 악인들의 근거지였다니 그걸 어떻게 믿을 수 있단 말인가.
그랬기에 기자들은 한정유의 말이 끝나자 미친 듯이 질문을 퍼붓기 시작했다.

"한 국장님, 정일 호텔이 사도련의 본거지란 증거는 있습니까?"
"아직 없습니다. 하지만 도망친 서길도 회장을 비롯해서 간부들을 검거하면 그들의 악행이 속속들이 드러날 것입니다. 더불어 저희 요원들이 호텔의 컴퓨터와 문서 등을 압수 수색하고 있습니다. 증거가 나오는 대로 언론에 발표토록 하겠습니다."
"만약 길드 통제국에서 잘못된 판단을 한 거라면 어쩌실 생각입니까?"
"다시 말씀드리지만, 이곳이 사도련의 본거지가 아니라면 회장을 비롯해서 주요 간부들이 전부 도망칠 이유가 없습니다. 이곳은 사도련의 본거지가 확실합니다."

"너무 놀라운 사실이라 솔직히 믿기 힘듭니다. 정일 호텔을 운영할 정도로 재벌인 서길도 회장이 사도련의 주인이란 게 이해되지 않습니다."

"원래 악인일수록 더 많은 것을 갖기 위해 나쁜 짓을 저지르죠."

"그럼 서길도 회장을 검거하면 지금 펼치고 있는 사회악 박멸 작전은 끝나는 것인가요?"

"아닙니다. 아직도 사회 곳곳에는 하급 각성자들이 거머리처럼 사람들의 피를 파먹고 있습니다. 그들을 완전히 처단할 때까지 길드 통제국의 작전은 계속될 것입니다."

"한 국장님, 길드 통제국은……."

                    *   *   *

또 한바탕 대한민국은 길드 통제국으로 인해 뒤집어졌다.

사회악의 근원, 사도련의 근거지를 확보한 길드 통제국이 끝까지 추적해서 깨끗하게 청소하겠다는 강력한 의지를 다시 한번 국민들에게 약속했기 때문이다.

정말 대단하다.

길드 통제국이 생긴 지 불과 한 달.

그 한 달 동안 길드 통제국은 사회 곳곳에서 악행을 저지르던 자들을 때려잡았는데 그 숫자가 천 명에 달할 정도였다.

길드 통제국의 인기는 하늘을 찔렀다.

국민들을 위해 일하겠다는 당초의 약속을 지키며 국민들의 안전을 위해 불철주야 싸워온 길드 통제국은 단시간 내에 가장 신뢰받는 기관으로 선정될 정도였다.

사도련의 행방은 보름이 지나도록 꼬리가 잡히지 않았다.

길드 통제국의 전 병력이 샅샅이 뒤졌으나 서길도는 물론이고 그 가족들, 정일 호텔의 간부들까지 단 하나도 찾아내지 못했다.

사람들의 눈이 닿지 않는 곳.

아마 놈들은 그 누구도 찾을 수 없는 안가 속에 웅크리고 있을 가능성이 컸다.

대신, 정일 호텔의 컴퓨터와 문서를 통해 흑도회와의 연결고리가 생생하게 드러났다.

사도련은 흑도회로부터 매달 정기적인 상납을 받았는데 그 금액이 매달 100억 원이 넘었다.

보름이 넘으면서 한정유는 길드 통제국의 전 병력을 본부로 불러들였다.

완전히 끝장을 내고 싶었지만 던전의 상황이 빠르게 변했기 때문이다.

던전은 이제 하얀빛에서 완전한 푸른빛으로 변했는데, 던전에서 빠져나온 괴물들의 힘이 두 배로 증폭되어 길드를 긴장시키는 중이었다.

제29장

푸른 던전

　한정유는 광주 던전의 제압 작전이 시작했다는 보고를 들은 후 PPV 채널을 열었다.

　사무실에는 길드 통제국의 주요 간부들인 남정근과 문호량, 김도철이 자리를 함께하고 있었다.

　PPV채널은 돈을 지불해야 볼 수 있는 채널로서 1회당 만 원이 책정된 유료 방송이다.

　그러고 보면 참 미친 짓이다.

　길드들은 던전 제압 작전에 카메라맨과 앵커까지 대동해서 중계방송을 했는데 PPV채널을 통해 벌어들이는 수입이 막대했기 때문이다.

JK 길드가 중심이 된 제3파티가 이번 던전 제압 작전에 투입되었으니 마이크를 들고 떠드는 앵커도 그쪽 어디에 속한 자일 것이다.

앵커도 헌터다.

단지 PPV 중계를 위해 전문적으로 앵커 훈련을 받았을 뿐이다.

유료 방송이 시작되고 앵커의 설명과 함께 먼 곳에서 괴물들의 울부짖음이 시작되었다.

3개의 길드에서 투입된 헌터의 숫자는 150명, 그중 골든헌터의 숫자는 50명이다.

흰색 던전이 열렸을 때보다 훨씬 강화된 숫자였다.

최근 들어 던전이 푸른색으로 변하면서 괴물들의 힘이 2배로 증폭된 상태였기에 자연스럽게 길드 쪽에서는 병력의 숫자와 골든헌터를 추가로 배치할 수밖에 없었다.

그 이후 5개의 던전을 무사히 처리했다.

던전을 통해 쏟아져 나온 괴물들의 힘이 더욱 증폭되었으나 길드에서 철저하게 통제했기 때문에 지금까지 커다란 문제는 생기지 않았다.

그럼에도 길드 통제국을 비롯해서 던전은 초비상 상태를 유지했다.

던전이 푸른빛으로 변한 이상 지금까지 발생된 5개의 던전과 달리 헬하운드급의 괴수가 출현한다면 막대한 피해가 발생할 것이란 우려 때문이었다.

병력은 맨 앞에 서 있던 자의 수신호에 의해 구축된 진형을 유지한 채 빠르게 정상을 향해 움직였는데 그 모습에서 긴장감이 묻어 나왔다.

파티를 이끄는 자는 JK 길드의 스페셜 마스터 윤태영이었다.

이 역시 강화된 것이다.

그동안 스페셜 마스터는 특별한 경우에만 투입되었는데 던전 색깔이 바뀌면서 작전의 책임자로 한 명씩 배치되기 시작했다.

병력이 전진하자 카메라도 따라 움직였다.

병력의 이동과 함께 서서히 긴장감이 피어올랐다.

볼 때마다 느끼는 것이지만 카메라맨이 병력을 따라 움직이며 촬영했기 때문인지 화면은 현장감이 생생하게 살아 있었다.

이윽고, 산 아래로 내려오는 괴물들과 병력들이 부딪쳤다.

구홀이 먼저 보였고 그 뒤로 키메라와 파이튼의 모습도 보였다.

거기까지는 좋았다.

하지만, 그 뒤를 따라 나온 살라멘더와 스켈레톤의 무리가 합류하는 순간 악전이 펼쳐졌다.

이전 같았다면 쉽게 처리했을 텐데 괴물들의 힘이 배가 되었기 때문인지 부상자가 속출했다.

그럼에도 보강된 골든헌터들이 본격적으로 싸움에 가담하자 괴물들이 제압되기 시작했다.

"괴물들 힘이 증폭되었어도 커버링이 되는군. 큰 문제는 발생하지 않겠어."

"골든헌터들이 꽤 하네. 스켈레톤 정도는 충분히 처리가 되잖아."

"도대체 얼마나 나온 거야?"

"지금까지 나온 건 170마리. 구흘이 100마리 정도 되고 키메라와 파이튼 50마리, 살라멘더와 스켈레톤이 20마리 정도. 어… 저거 뭐야?"

화면 하단의 숫자를 보면서 설명하던 김도철의 눈이 휘둥그레졌다.

두 마리의 빨간 점이 봉우리 상단에서 급속하게 전장으로 접근했기 때문이다.

정체는 금방 확인되었다.

빨간 점의 정체는 바로 제6등급 괴수, 2마리의 헬하운드였다.

전장에 뛰어든 헬하운드의 흉포성은 헌터들과 괴물들을 가리지 않았다.

무차별적으로 찢어버리는 괴력, 거기에 더불어 거침없이 쏟아져 나오는 파이어 링.

헬하운드의 위력에 전장이 순식간에 난장판으로 변했다.

진형을 구축하고 차근차근 괴수들을 처리하던 제3파티의 병력들은 헬하운드로 인해 방어선 여기저기가 구멍 뚫렸는데, 정말 대단한 위력이었다.

던전 안에서 부딪친 적은 있었다.

그때에 비하면 훨씬 약해 보였으나 그것만으로도 헌터들은 추풍낙엽처럼 쓰러져 갔다.

만약 JK 길드의 스페셜 마스터 윤태영이 아니었다면 헬하운드에 의해 방어선은 금방 뚫렸을 것이다.

윤태영이 한 마리의 헬하운드를 맡아 싸우는 동안 7명의 골든헌터들이 나머지 한 마리를 상대했다.

역시 스페셜 마스터답다.

윤태영은 7척에 달하는 장창을 썼는데 헬하운드와 20여 분의 접전 끝에 제압하는 무력을 선보였다.

나머지 한 마리의 헬하운드 역시 골든헌터들에 의해 제압당했다.

그 와중에 3명의 골든헌터가 부상을 당했으나 나름대로 훌륭한 마무리였다.

헬하운드가 모두 제압당하자 남아 있는 괴물들의 섬멸 작전이 진행되었다.

괴물들의 이동 경로를 인공위성을 통해 실시간으로 전달받고 있으니 추적해서 마무리하는 건 그리 어려운 일이 아닌 것으로 보였다.

그때, 숲속에서 거대한 물체가 나타나며 광포한 울음을 쏟아냈다.

"캬오!"

화면을 지켜보던 한정유의 얼굴이 일그러졌다.
화면을 가득 채우고 나타난 괴물은 처음 보는 것이었다.

"저건 뭐야?"
"으… 씨발, 큰일 났다. 저건 와이번이야. 7등급!"

뒤쪽에 쳐져 있던 윤태영이 헌터들을 짓이기는 와이번을 향해
날아가는 걸 보면서 김도철이 자리에서 벌떡 일어났다.
7등급 와이번을 스페셜 마스터 혼자 상대하기엔 무리가 따르
기 때문이었다.
다행스럽게 와이번을 발견한 골든헌터들이 윤태영의 뒤를 따
라 접근하는 것이 보였다.

"견딜 수 있을까?"
"어느 정돈데?"
"와이번이 나타난 건 3번밖에 없었어. 그 당시 스페셜 마스터
3명이 붙어서 간신히 사살했어. 지금은 더 강해졌으니 감당하지
못할 거야."

중계를 하는 앵커의 목소리가 비명처럼 울려 퍼졌다.
와이번에게 접근했던 윤태영과 골든헌터들이 와이번의 일격

을 견디지 못하고 튕겨져 나오고 있었기 때문이다.

보는 것만으로도 압도적인 체구.

족히 5m에 달하는 체구에서 뿜어져 나오는 괴력에 골든헌터들이 추풍낙엽처럼 휘둘리고 있었다.

"JK 쪽에 확인해 봐. 아무래도 위험해."

"걔들도 보고 있어. 와이번이 출현했으니 스페셜 마스터들이 추가로 파견될 거야. 아우, 뭐야 저건 또!"

대답을 하던 문호량의 입에서 경악성이 터져 나왔다.

한 마리가 아니다.

다른 방향에서 출현한 또 다른 와이번의 모습이 보였던 것이다.

놈은 자신을 가로막는 헌터들을 찢으면서 광폭하게 움직이고 있는데 산 아래로 방향을 잡고 있었다.

나머지 골든헌터들이 놈을 제압하기 위해 전부 달라붙는 게 보였다.

하지만 와이번은 골든헌터들의 공격을 단박에 무력화시켰는데 3명이 날아가 쓰러진 후 일어서지 못했다.

헬하운드가 출현했을 때와는 또 다른 공포가 현장을 엄습했다.

남은 골든헌터들이 기를 쓰고 와이번의 전진을 막았으나 번번이 튕겨 나갈 뿐이었다.

"호량아, 차 대. 아무래도 가봐야겠어."

"JK가 조치할 거야. 우리까지 안 가도 돼."

"만약 뚫리면? 그땐 수많은 사람들이 죽는다."

"그건 길드 애들 자존심을 건드리는 거야. 걔들은 절대 그 부분에 대해서는 양보하지 않아. 만약에 네가 움직이면 길드가 강력하게 항의할 거다."

"미친놈들. 지금 자존심 따질 때야?"

"아직 우린 길드 장악을 완벽하게 하지 못했다. 빌미를 만들어줄 필요는 없어."

"좋아, 산에는 올라가지 않는다. 대신 길드가 처리하면 와이번을 상세하게 조사해야겠어. 어떤 놈인지 어떤 특징을 가졌는지 봐야겠다."

"휴우… 알았다."

어쩔 수 없다는 듯 문호량이 전화기를 들었다.

하긴, 그도 궁금하긴 하다.

와이번이 나타난 건 정말 오랜만이었고 그 역시 와이번을 실제 본 적은 없었다.

한정유의 의도는 금방 눈치챌 수 있었다.

말로는 참견하지 않겠다고 했지만 조금이라도 문제가 생기면 그 성격에 그냥 두고 볼 놈이 아니다.

그럼에도 못 이기는 체한 것은 한정유가 우려한 대로 만약 와이번이 포위망을 뚫으면 광주가 위험했기 때문이다.

"나도 가자."

"통제국은 누가 지키고?"

"기획본부장님 계시잖아. 비문의 고수들도 있고. 잠시 자리를 비운다고 무슨 일이 생기겠냐. 나도 와이번이 어떻게 생겼는지 보고 싶으니까 같이 가."

김도철이 먼저 일어나며 수선을 떠는 바람에 남정근이 혀를 찼다.

자신만 남겨 놓고 전부 던전으로 간다는 게 어이없었던 모양이다.

그럼에도 그는 안 된다는 말을 하지 않았다.

와이번.

지금까지 출현한 괴수 중에서 가장 강력했고, 던전이 푸른색으로 변하면서 그 위력이 배가 되었으니 어떤 일이 벌어질지 걱정되었기 때문이다.

*   *   *

광주로 향한 것은 김가은까지 4명이었다.

플라잉카를 운전한 것은 문호량이었는데 김가은이 타는 바람에 운전기사를 데려갈 수 없었다.

플라잉카의 최고 속도는 시속 480km까지 나온다.

다시 말해 광주까지는 불과 20분이면 도착할 수 있다는 뜻이다.

더군다나 직승강 기능을 보유했으니 목적지까지 단박에 비행할 수 있어 일반 비행기에 비해 도착 시간이 훨씬 빠르다.

무등산에 도착한 일행은 던전이 열린 운소봉 쪽에 플라잉카를 정차시키고 방어선이 펼쳐져 있는 곳으로 다가갔다.

그들이 다가간 산 밑 방어선에는 30여 명의 미방OR 병력이 불안한 모습으로 지키고 있었는데 두려움이 가득 차 있었다.

방어선 앞에는 꽤 많은 구홀과 3마리의 키메라, 2마리의 파이튼이 쓰러져 있었는데, 괴물들을 막다가 다쳤는지 10여 명의 OR 병력들이 치료를 받고 있는 게 보였다.

그나마 다행인 건 살라멘더와 스켈레톤이 산에서 내려오지 못했다는 것이다.

아마 파티 병력이 그 와중에도 전력을 다해 막고 있는 게 틀림없었다.

멀리서 한눈에 한정유 일행을 알아본 OR 책임자가 미친 듯이 달려왔다.

창공을 찢을 것처럼 들려오는 괴물의 울음소리.

책임자의 허옇게 변한 얼굴.

그 모든 것이 지금의 상황을 단적으로 나타내 주고 있었다.

"국장님, 어서 오십시오. 저는 미방OR의 정국현이라고 합니다."

"상황이 어떻습니까?"

"10분 전에 추가 병력이 산으로 들어갔습니다. 추가로 온 병력엔 3명의 스페셜 마스터가 포함되어 있었습니다. 그런데……."

"그런데 뭐죠?"

"점점 괴수의 울음소리가 가까워지고 있습니다. 아무래도 방어선이 점점 밀리는 것 같습니다."

정국현이 산 쪽을 바라보며 불안한 시선을 던졌다.

그의 말은 사실이다.

그들이 도착했을 때보다 훨씬 더 괴수의 울음소리가 가까워져 있었다.

그랬기에 한정유는 방어선을 향해 다가가며 정국현을 향해 지시를 내렸다.

"혹시 모르니 방어선을 뒤쪽으로 물리십시오. 산 위에 있는 놈은 와이번입니다. OR 병력으로는 막기 힘들 겁니다."

"그래도 괜찮을까요……."

"제가 책임지죠. 괴수가 뚫고 내려오면 우리가 막겠습니다."

"아이고, 감사합니다."

마치 죽다가 살아난 표정이었다.

그는 한정유를 향해 고개를 연신 조아린 후 병력들이 포진한 곳으로 달려갔는데 그 속도가 번개를 무색할 지경이었다.

지켜보던 문호량이 고개를 저으며 쓴웃음을 지은 것은 자신의 생각이 맞았기 때문이다.

"그냥 구경만 한다며?"

"누가 뭐랬어. 만약 와이번이 포위망을 뚫고 여기까지 나오면 그땐 길드의 영역이 아니잖아. 안 그래?"

"하여간… 마음대로 해. 언제 네가 내 말을 들어먹었냐."

문호량이 팔짱을 낀 채 산 쪽으로 눈을 돌렸다.

아예 말이 안 되는 건 아니다.

어차피 길드가 뚫렸을 때를 대비해서 OR 병력이 2차 방어선을 형성하는 것이니 괴수들이 방어선을 뚫고 나오면 그때부터는 길드가 불만을 터뜨릴 이유가 없다.

문제는 과연 한정유가 그것으로 그칠 거냐는 것인데…….

우려가 현실이 되는 경우는 많다.

그리고 그건 지금도 마찬가지다.

점점 다가오던 괴수의 울음소리가 증폭되면서 산이 열렸다.

화면에서 본 것보다 훨씬 거대한 두 마리의 와이번이 달라붙는 헌터들을 뿌리치며 이쪽을 향해 달려오는 게 보였다.

완벽하게 노출된 공간.

와이번의 질주가 멈춘 곳은 산자락과 OR 방어선을 연결하는 개활지였다.

4명의 스페셜 마스터와 황금빛 갑옷을 입은 골든헌터들이 와이번을 차단한 채 미친 듯 공격을 퍼붓고 있었다.

하지만, 시간이 갈수록 피해가 커졌다.

스페셜 마스터들이 주공을 맡고 골든헌터들이 보조 공격을 맡았으나 와이번의 무시무시한 팔에 퍽퍽 나가떨어졌다.

와이번의 양팔은 마치 거대한 장검을 연상시켰는데 푸른빛으로 번쩍이고 있었다.

"큰일이군. 스페셜 마스터의 공격으로도 치명상을 입히지 못하잖아."

"이래도 계속 보고 있어야 되겠어?"

"어쩌려고?"

"일단 헌터들부터 살려놓고 봐야겠다. 여기서 기다려. 내가 해결할 테니까!"

한정유는 일행을 뒤에 남기고 전력으로 현천보를 펼쳐 개활지로 이동했다.

잔상만 남기고 떠난 신형.

극으로 현천보를 펼치자 그의 신형은 시각으로 알아보기 힘들 만큼 빠르게 움직였다.

달리는 그대로 무극도를 빼 들며 고전하고 있는 헌터들을 향해 경고를 날렸다.

"전부 비켜!"

무극도는 이미 도기가 오 척이나 흘러나온 상태.

단박에 거리를 압축한 한정유의 신형이 지면을 박차고 날아오르며 와이번의 목을 겨냥했다.

콰앙!

위협을 느낀 와이번이 거대한 팔을 휘둘러 방어했으나 한정유의 무극도가 정확하게 목을 가격하고 빠져나왔다.

마치 폭탄이 터지는 듯한 굉음.

그토록 가공할 위력으로 헌터들을 파리 떼 쫓듯 해치우던 와이번이 단박에 비틀거리며 뒤로 물러섰다.

무극도에 적중된 와이번의 목에서는 녹색 핏물이 흘러나오고 있었는데 거의 10㎝나 벌어져 있었다.

한정유는 뒤로 물러나는 와이번을 그냥 두지 않고 곧장 추격했다.

강하다.

육안으로 확인될 정도의 방어막.

도대체 저건 뭘까.

무림의 고수가 강기로 몸을 보호한다는 건 알지만 괴수가 스스로 방어막을 두르고 있다는 것이 도저히 이해되지 않았다.

투명하게 변한 무극도의 도기가 와이번의 전신을 썰었다.

거대한 팔을 휘저을 때마다 공기를 가르는 파공성이 생성되며 위협해 왔으나 한정유는 현천보를 극으로 펼쳐 와이번의 전신을 무차별적으로 도륙했다.

기괴하게 생긴 뱃가죽이 날아갔고 양쪽 다리가 차례차례 잘렸으나 거대한 검처럼 생긴 팔만은 자르지 못했다.

도대체 어떤 재질일까.

도기에도 잘리지 않는 팔의 경도는 그 어떤 금속보다 단단했다.

양쪽 다리가 잘려 움직이지 못하는 놈의 목을 쳤다.

이미 목이 반쯤 갈려졌던 곳에 다시 한번 무극도가 충격을 주자 와이번의 목이 허망하게 땅으로 떨어졌다.

한정유는 무심한 눈길로 와이번의 시체를 확인한 후 곧장 반대 방향으로 몸을 돌렸다.

한정유가 날아든 후 후퇴해서 지켜보던 헌터들의 표정은 경악으로 물들어 있었다.

설명은 길었으나 한정유가 뛰어들어 와이번을 처리하는 데 걸린 시간은 불과 1분에 지나지 않았다.

시간이 문제가 아니다.

그들이 전부 경악한 것은 스스로 와이번이 얼마나 강한 괴수인지 몸으로 확인했기 때문이다.

공격이 먹히지 않았다.

심지어 스페셜 마스터가 전력으로 공격했음에도 워낙 강력한 방어력을 지녀 치명적인 타격을 주지 못했는데, 한정유는 마치 순한 양을 도륙하듯 눈 깜짝할 사이에 와이번을 처리해 버렸다.

아무리 그가 히어로전의 우승자라 해도 이건 정말 믿을 수 없는 일이었다.

"정신 차리고 산에서 내려오는 괴물들을 막아요. 저놈은 내가 상대할 테니까!"

놀란 표정을 짓고 있는 헌터들을 향해 소리를 질렀다.

스페셜 마스터들과 대부분의 골든헌터들이 와이번을 막느라 개활지로 이동했기 때문에 헌터들의 방어선을 뚫은 살라멘더와 스켈레톤의 무리들이 산에서 빠져나와 각기 다른 방향으로 돌진하고 있는 게 보였다.

한정유의 지시에 헌터들이 급히 날아갔다.

그들은 놀란 와중에도 자신들의 임무를 잊지 않았던 모양이다.

헌터들이 떠나는 것과 동시에 한정유는 나머지 한 마리의 와이번을 향해 움직였다.

필사적이다.

길드에 대한 나쁜 선입감을 가지고 있었지만 와이번을 막기 위해 혼신의 힘을 다하는 헌터들의 모습을 보자 자신도 모르게 그런 감정이 누그러들었다.

"비켜!"

다시 한번 소리를 질러 헌터들을 뒤로 물러나게 만든 한정유
는 달려오는 와이번을 향해 무극도를 휘둘렀다.

처음 상대한 놈의 신체 여기저기를 골고루 잘랐다.

와이번의 약점이 어딘지 확인하기 위함이었다.

다른 괴수들의 약점은 이미 노출되어 있지만 와이번의 약점은
아직까지 노출되지 않았다는 소릴 들었기 때문이다.

상대한 결과.

특별한 약점을 찾을 수 없었다.

물론 시간을 두고 천천히 찾아볼 수는 있으나 다른 쪽에서
계속 헌터들의 피해가 생겼기 때문에 마음이 급했다.

헌터들이 뒤로 물러난 후 거대한 체구의 와이번에게 접근한
한정유는 무차별적으로 도륙하는 대신 와이번의 약점을 찾기 위
해 신체 부위를 하나씩 확인해 나갔다.

머리에서 발끝까지 차례대로 와이번의 전신을 찔렀다.

시험.

그래, 시험이 맞다.

골든헌터 수준의 내공만 무극도에 담은 채 현천보를 이용해
공간을 날아다니며 공격을 한 것은 나중을 위해 길드에게 와이
번의 약점을 선물해 주기 위함이었다.

와이번의 흉포함은 극에 달했다.

번개처럼 움직이는 한정유를 잡기 위해 강철 같은 팔을 이용해서 사방을 휩쓸었으나 전혀 효과가 없자 분노에 찬 흉성을 끊임없이 흘려냈다.

정수리, 눈, 코, 입 순으로 위에서 내려오며 하나하나 베어나갔다.

골든헌터 수준으로 내공을 맞췄기 때문에 치명상을 입히지 못했으나 한정유는 인내심을 가지고 와이번의 전신을 유린했다.

얼마나 시간이 지났을까.

물컹하는 느낌과 함께 와이번이 펄쩍 뛰어오르며 녹색 핏물을 쏟아냈다.

전신을 유린하던 무극도가 낭심 부위를 찔렀을 때였다.

와이번은 인간과 구조가 달랐지만 양쪽 다리가 교차하는 곳이 다른 곳과 미세하게 색깔이 달랐는데 무극도가 그곳을 찌르자 경련을 일으키며 고통에 몸부림을 쳤다.

한정유는 놈의 공격을 피하며 같은 곳을 세 차례 더 공격한 후 그곳이 와이번의 약점이라는 것을 확실하게 알았다.

골든헌터 수준의 내공을 썼음에도 같은 곳을 계속 공략 당하자 와이번은 결국 견디지 못하고 분수처럼 녹색 핏물을 뿜어내며 길게 뻗었다.

와이번의 숨통이 끊어진 걸 확인한 한정유가 천천히 몸을 돌렸다.

정말 강한 놈이다.

골든헌터 수준의 내공을 사용한 끝에 약점을 알아내어 사살했으나 실제 다시 부딪친다면 헌터들은 상당한 피해를 입을 게 자명했다.

같은 내공을 썼어도 한정유의 움직임은 근본적으로 골든헌터와 그 격이 다르다.

천고의 보법인 현천보에 덧붙여 섬전십삼뢰란 경이적인 도법을 장착한 그와 어찌 단순 비교가 되겠는가.

"감사합니다. 국장님이 아니었으면 큰 피해를 입을 뻔했습니다."

"별말씀을……."

JK길드의 스페셜 마스터 윤태영이 다가와 인사를 했다.

그는 계속되는 악전으로 인해서인지 갑옷 여기저기가 해어져 있었는데 다행히 다친 곳은 없어 보였다.

존경의 눈빛.

고전을 면치 못하던 와이번을 장난감 다루듯이 데리고 놀다가 기어코 약점을 알아내 버린 후 죽여 버렸다.

절정의 고수가 어찌 한정유의 행동을 이해하지 못했을까.

그랬기에 더욱더 한정유의 무력이 빛나 보였다.

"길드의 일에 참견해서 미안합니다. 하지만 피해가 커지는 것 같아 어쩔 수 없이 참견했으니 이해해 주시기 바랍니다."

"길드의 체면을 말씀하시는 거라면 걱정하지 않으셔도 됩니다. 이런 상황에서 그런 걸 따지는 게 얼마나 유치한 일이겠습니까."

"그렇게 생각해 주시니 고맙습니다."

"이번 도움은 나중에 저희 회장님께서 인사하실 테지요. 저는 현장을 정리해야 되니 이만 가보겠습니다. 다시 한번 도움에 감사드립니다."

윤태영이 다시 한번 깊숙이 머리를 숙여 인사를 했다.

그런 그를 향해 한정유는 정중하게 고개를 숙여 인사를 받으며 떠나는 그의 등을 바라보았다.

그의 행동에서 진심이 느껴졌다.

길드에 속한 헌터라고 해서 전부 눈앞의 이익을 쫓는 건 아닌 것 같았다.

*   *   *

PPV를 지켜보던 영화배우 정미경과 윤혜숙은 와이번이 출현한 후 헌터들이 계속 쓰러지자 비명을 지르며 어쩔 줄 몰라 했다.

그 누구보다 헌터들에 대한 동경이 컸다.

영화배우로 성공해서 상당한 인기를 얻고 있으나 인간의 힘을 초월한 초인들의 존재를 대할 때마다 온몸이 떨리는 흥분을 느꼈다.

강한 남자들에 대한 동경이라 표현해도 좋다.

아름다운 여자로 태어나 영화배우가 되어 수없이 잘생긴 남자들을 만나 봤으나 헌터들만큼 그녀들의 마음을 떨리게 만든 남자는 본 적이 없다.

특히 그녀들은 JK길드의 골든헌터 추연웅과 정사인의 팬이었다.

JK길드의 던전 공략이 벌어질 때마다 스케줄이 없으면 무조건 PPV를 봤다.

추연웅과 정사인은 번갈아 가며 작전에 투입되었기 때문에 둘 중 하나는 무조건 화면에서 볼 수 있었다.

두 사람의 나이는 35살로 그녀들보다 무려 8살이나 많았지만 잘생긴 외모와 훤칠한 키, 완벽한 몸매를 가졌고 무엇보다 강한 무공으로 괴물들을 때려잡았기 때문에 그녀들은 그들이 나오면 화면에서 눈을 떼지 못했다.

이번 작전에 투입된 사람은 추연웅이었다.

카메라맨도 자주 추연웅을 잡았다.

추연웅이 많은 팬을 보유했다는 걸 알기 때문에 작전 책임자인 스페셜 마스터 윤태영보다 그의 얼굴이 훨씬 자주 잡혔다.

처음에는 농담을 해가면서 잘생긴 추연웅의 모습을 즐겼다.

역시 잘생겼고 괴물을 처단하는 모습에서 가슴 설레는 매력이 철철 흘러넘쳤다.

그러나, 헬하운드가 출현하면서 추연웅이 몇 번이나 튕겨 나가는 모습에 가슴을 졸이며 지켜봤다.

다행히 추연웅의 활약으로 헬하운드가 쓰러지는 순간 그녀들은 자리에서 일어나 박수를 치면서 펄쩍펄쩍 뛰었다.

3명의 골든헌터가 부상을 당했지만 치명적인 상처를 입은 건 아니었기에 마음껏 기쁨을 나눌 수 있었다.

하지만, 그런 기쁨도 잠시.

마치 서유기에 나오는 우마왕처럼 흉측한 뿔이 달린 괴물 와이번이 출현하면서 그녀들의 얼굴에는 웃음기가 싹 가셨다.

추풍낙엽처럼 튕겨져 나가는 헌터들.

그토록 강하다는 골든헌터들도 7등급 괴수 와이번 앞에서는 바람에 휘둘리는 갈대처럼 연약하게 느껴질 뿐이었다.

"아악, 어쩌면 좋아!"

와이번의 공격에 추연웅이 튕겨져 나가 쓰러졌다가 간신히 비틀거리며 일어나는 게 보였다.

그녀들의 얼굴이 사색으로 변한 건 와이번이 추연웅을 찢어 죽일 것처럼 덤벼들었기 때문이다.

스페셜 마스터 윤태영이 결정적인 순간에 구해주지 않았다면 그녀들이 좋아하는 추연웅은 갈가리 찢겨져 죽었을지 모른다.

와이번의 공포.

스페셜 마스터들과 골든헌터의 집중 공격에도 거침없이 산을 빠져나가는 와이번의 위용에 그녀들은 어느새 벙어리가 되고 말았다.

어떤 공격도 소용없었다.

아니, 오히려 와이번의 공격에 상당수의 헌터들이 걸레가 되어 죽어나갔다.

화면으로 보는 것만으로 두려워 움직이지 못했다.

저런 가공할 괴수가 시가지로 들어간다면 수많은 생명들이 목숨을 잃게 될 것이다.

다행스럽게 방어선을 뚫고 산에서 내려온 와이번을 추가 투입된 스페셜 마스터들과 골든헌터들이 가로막으며 격렬한 전투가 벌어졌다.

그러나 희생자는 계속 속출했고, 와이번의 기세는 조금도 누그러지지 않았다.

그때 공간을 가르며 하나의 인형이 날아왔다.

그녀들도 너무나 잘 알고 있는 히어로의 우승자이자 길드 통제국의 수장 한정유였다.

대한민국 여자들의 우상.

그에게 김가은이란 연인이 있다는 걸 안다.

그럼에도 한정유는 모든 여자들의 우상인 남자였다.

한정유가 전권에 뛰어들어 와이번을 처치하는 장면을 보며 너무 놀라 입을 다물지 못했다.

그 많은 헌터들이 쩔쩔매던 와이번을 거침없이 도륙해 나가는 남자의 모습.

안도와 충격, 그리고 희열.

도대체 이 남자를 뭐라고 표현할 수 있단 말인가.

"미경아, 나 큰일 났어!"

"왜?"

"팬티 다 젖었어. 아무래도 오줌 지린 것 같아."

"이씨, 나도 마찬가지야. 그나저나… 저 남자 어쩌면 좋니. 저렇게 무지막지하게 멋있으면 어쩌란 거야!"

*　　　*　　　*

그 다음 날.

모든 언론이 한정유의 활약을 대서특필하며 난리가 났다.

언론만 그런 것이 아니었다.

대통령이 직접 전화를 해왔고, JK길드의 회장이 고맙다는 인사를 전해왔으며 수많은 정재계 인사들의 전화가 빗발쳤다.

모든 것이 우발적이었다.

일부러 계산된 움직임이 아니었으나 전투에 참여해서 와이번을 척살한 파장은 대한민국을 발칵 뒤집어놓을 정도로 컸다.

"아주, 화제의 주인공이야. 하루라도 언론을 그냥 두지 않는구만."

"억울하면 네가 하지 그랬냐?"

"언제 나한테 기회나 줬어. 혼자 다 해먹고 이제 와서 딴소리는."

문호량이 입술 끝을 올렸다가 내렸다.

당연히 농담이다.

문호량은 언론 앞에 나서는 걸 극도로 싫어했으니 시켜도 안 했을 것이다.

그렇다고 해서 한정유가 언론을 좋아하는 것도 아니다.

어쩌다 보니 자꾸 언론에 오르내렸을 뿐.

"그나저나, 확실해?"

"아무리 생각해 봐도 그래. 가은 씨가 말한 가설이 맞는 것 같아."

"그럼 던전이 푸른색으로 변하면서 괴물들의 힘이 강해진 건 중력의 분배 과정이 진행되고 있다는 뜻이야?"

"지금으로서는."

"그렇다면 던전 색깔이 또 바뀔 수도 있겠네. 그렇지?"

"우리 예측이 맞다면 그럴 거야. 얼마나 걸리지는 모르지만."

"갈수록 태산일세. 푸른 던전도 이 정돈데 다른 색깔이 나타나면 방어선이 뚫리는 건 일도 아니겠다."

"그렇겠지. 색깔이 변하면서 점점 강해질 테니까."

문호량이 입맛을 다시며 대답했다.

너무나 단순하고 명확한 추측이었다.

하얀색 던전이 푸른색으로 변하며 괴물들의 힘이 두 배로 강해졌다.

그것이 중력의 분배 과정 때문에 발생한 것이라면 괴물들은 점점 강해질 것이 분명했다.

한참 동안 뭔가를 생각하던 한정유가 입을 연것 김도철이 문을 열고 들어 올 때였다.

"들어가 봐야겠어."

"어딜?"

"던전. 이대로 두면 시간이 지날수록 위험해."

"아이고, 머리야. 넌 어째 잠시도 가만있지 못하니. 사고 치는 게 네 특기라는 건 인정해. 그래도 갑자기 던전에 들어간다는 게 말이 되냐. 우린 길드도 완벽하게 정리하지 못했어."

"길드는 언제라도 정리할 수 있지만 던전은 아니야. 그러니까 가자!"

*　　　　　*　　　　　*

김도철이 들어오고 난 후 얼마 지나지 않아 김가은과 남정근까지 들어왔다.

왜?

밥 먹을 시간이 됐으니까.

언제나 모여서 같이 밥을 먹는 사이였으니 점심시간이 된 지금 그들이 들어온 것은 당연한 일이었다.

하지만, 좌중의 심각한 분위기를 확인한 남정근은 평소처럼 농담을 던지지 못했다.

"무슨 일인데 그런 얼굴들이야. 무슨 일 있어?"

"이 친구한테 물어보세요."

문호량이 고개를 슬며시 돌렸다.

자신도 던전에 들어갔다 온 경험이 있다.

무엇이 있는지 궁금해서 들어갔으나 끝까지 간다는 생각은 하지 않았다.

하지만, 지금은 다르다.

한정유가 던전에 들어간다는 것은 그 끝을 반드시 확인하고자 함이었으니, 어떤 일이 벌어질지 장담하지 못했다.

물론 한정유가 무공을 완전히 되찾았다는 게 위로가 되었으나 오히려 그것이 더 큰 화를 불러일으킬 공산이 컸다.

강한 자는 두려움과 위험에 더욱 큰 투지를 불사르는 법이니까.

"한 국장, 도대체 무슨 일이야?"

"별일 아닙니다."

"별일 아닌데 문 단장이 저런 표정을 지어?"

남정근의 계속되는 질문에 한정유가 입맛을 다시며 김가은의
표정을 슬쩍 살폈다.
그녀가 어떻게 나올지 도통 예측되지 않았기 때문이다.
한정유의 입이 스르륵 열린 것은 뭔가 이상함을 눈치챈 김가
은이 다가와 쇼파에 앉았을 때였다.

"나는 던전에 들어가기로 했습니다."
"뭐라고!"

남정근이 경악성을 터뜨렸고, 김가은도 놀랐는지 두 눈을 치
켜떴다.
자다가 봉창 두드리는 소리처럼 들렸던 모양이다.

"점점 던전 상황이 이상해지고 있어요. 그래서 더 늦기 전에
가볼 생각입니다."
"거긴, 위험하다며. 그 안에는 괴물들의 힘이 엄청 강하다고
하지 않았어?"
"그렇긴 하죠."
"그런데 왜 간다고 그러나. 길드 통제국은 어쩌라고!"
"전 죽을 자리를 찾아갈 정도로 멍청한 사람이 아닙니다. 도
저히 견디기 어려우면 다시 빠져나올 테니까 걱정하지 마세요."
"혼자 가는 거야?"

"아닙니다. 여기 김 단장과 문 단장, 이렇게 셋이 갈 생각입니다."

"나도 가요."

두 사람의 대화를 들으며 그동안 조용히 있던 김가은이 나섰다.

그녀는 결연한 표정을 짓고 있는데 같이 가는 게 당연하다고 여기는 것 같았다.

"거긴 위험해요. 가은 씨가 같이 갈 곳이 아닙니다."

"위험하니까 같이 가야죠. 그럼 국장님은 내가 위험한 곳에 가면 안 따라올 거예요?"

눈을 동그랗게 뜬 채 쳐다보는 그녀의 질문에 아무런 말도 하지 못했다.

사랑하는 사람을 위험한 곳에 혼자 보내지 않겠다는 그녀의 논리는 설득하기에 너무 까다로웠다.

머리가 뱅뱅 돌았다.

어떡하든 막아야 한다.

위험이 뻔히 보이는 곳에 그녀를 데려간다는 건 있을 수 없는 일이다.

"당연히 가은 씨가 위험한 곳에 간다면 따라가야죠. 내가 잘못 생각한 것 같네요. 같이 가요."

"정말이죠?"

너무 쉬운 대답에 김가은이 의심의 눈길을 던졌다.

다른 사람들도 마찬가지다.

한정유의 대답에 문호량과 김도철은 자리에서 펄쩍 뛰어올랐
는데 반대하는 기색이 완연했다.

그럼에도 한정유는 자리에서 일어나며 사람들의 의심을 일축
해 버렸다.

"자, 배고픈데 밥 먹으러 갑시다."

            *   *   *

상황실 요원으로부터 안성에 던전이 열렸다는 보고를 받은 것
은 이틀이 지난 오후 3시 무렵이었다.

한정유는 국장실에서 보고를 받은 후 천천히 전화기를 들었
다.

"비서실장님, 저 길드 통제국장 한정유입니다."

―아, 안녕하십니까. 그동안 국장님의 뛰어난 활약을 지켜보
고 있었습니다. 대통령님께서도 여러 번 칭찬하셨습니다.

수화기 저편에서 들려온 목소리가 더없이 조심스러웠다.

누구보다 한정유와 대통령의 관계를 알고 있는 비서실장은 갑

작스러운 전화를 받은 후 잔뜩 긴장해 있는 것 같았다.

"다름이 아니고, 제가 오늘 전화한 것은 부탁을 한 가지 드리기 위해섭니다. 번거롭겠지만 제 비서실 쪽으로 전화 한 통만 넣어주십시오. 대통령님이 저를 급하게 찾는다고 말입니다."

*   *   *

미안하지만 어쩔 수 없다.

전화기를 끊고 기다리자 잠시 후 놀란 눈을 한 김가은이 뛰어 들어 왔다.

"국장님, 지금 당장 대통령님께서 뵙자고 하세요."

"대통령님이 나를요?"

"방금 비서실장님이 전화를 주셨어요. 시급을 다투는 일이라며 급히 들어와 달라고 하셨어요."

"무슨 일인지는 말하지 않았나요?"

"그건… 그저 급한 일이라고……."

"아무리 대통령이라도 그렇지, 용건을 가르쳐 줘야 되는 거 아닙니까. 이 사람들이 길드 통제국장이 그렇게 만만해 보여!"

한정유가 얼굴을 붉히며 전화기를 들자 김가은이 팔을 잡으며 어쩔 줄 몰라 했다.

그녀는 과격하게 전화기를 드는 한정유의 행동에서 불안감을 느낀 게 분명했다.

"정유 씨, 그러지 말아요. 아무리 그래도 대통령의 지신데 전화를 해서 따지면 어떻게 해요. 용건을 자세하게 물어보지 못한 건 제 잘못이에요. 제가 다시 전화해서 무슨 일인가 물어볼게요."

급했긴 급했나 보다.

사무실에서는 언제나 깍듯하게 국장이란 칭호로 불렀는데 얼마나 급한지 이름이 튀어나왔다.

그 모습을 잠시 바라보다 쓴웃음을 지었다.

"아닙니다. 잠시 내가 흥분했나 봐요. 그럴 필요 없어요. 가보면 왜 오라고 했는지 알겠죠. 차 대라고 하세요. 급하다니까 얼른 가봐야 되겠네요."

옷장을 열고 넥타이를 맨 후 양복을 걸쳤다.

그러자 김가은이 급하게 사무실을 나가는 게 보였다.

아마 그녀는 꿈에도 생각하지 못했을 것이다.

이런 연출이 문호량의 머리에서 나왔다는걸.

플라잉 카에 올라탄 후 배웅하는 김가은의 얼굴을 다시 한번 바라보며 손을 흔들어주었다.

어쩔 수 없다.

나중에 어떤 일이 벌어질지 모르나 그녀를 위험한 곳에 데려갈 생각은 처음부터 추호도 없었다.

통제국의 이륙장을 떠난 플라잉 카가 청와대 쪽으로 향했다
가 방향을 틀어 안성을 향해 날아갔다.

이미, 약속된 대로 문호량과 김도철은 먼저 출발해서 날아가
고 있을 것이다.

"잘 빠져나왔네?"

"응."

"가은 씨가 의심 안 하디?"

"머리 좋은 네가 만든 술수에 안 넘어갈 사람이 어디 있어. 당
연히 속아 넘어갔지. 급하다니까 얼른 다녀오라며 손까지 흔들
어주더라."

"이렇게 정유의 약점을 또 하나 잡았구나. 나한테 잘해. 조금
만 눈에 거슬리며 바로 일러바칠 테니까."

"흐으, 미친놈들."

미리 기다리고 있던 문호량과 김도철이 빙글거리는 얼굴로 번
갈아가며 떠들자 한정유가 손을 휘휘 내저었다.

놈들 말대로 나중에 들키기라도 한다면 제명에 살기 어려워
질 것이다.

세 사람은 OR의 방어선을 뛰어넘어 서운산을 향해 빠르게 이
동했다.

서운산은 고도 548m의 높이를 지닌 산으로 산세가 험악하지

않아 예전에는 등산객이 자주 찾던 곳이라 들었다.

던전이 열린 곳은 서운산의 중턱.

보법을 펼쳐 날아가자 해동 길드를 상징하는 헌터들이 키메라와 파이튼을 몰아치며 싸우고 있는 장면이 보였다.

전장을 우회해서 던전으로 향했다.

멀리서 보이는 던전은 완연하게 푸른빛으로 변해 있는데 마치 구름 하나 없는 창공처럼 은은했다.

그들이 앞으로 나서자 던전을 지키던 3명의 헌터가 길을 가로막으며 다가왔다.

예전처럼 그냥 들어갈 수도 있었으나 그렇게 하지 않았다.

길드 통제국의 국장으로서 당당하게 들어갈 생각이었다.

앞을 막았던 헌터들이 한정유의 정체를 확인한 후 금방 얼굴이 노래졌다.

나타난 인물들은 매일 텔레비전 뉴스의 헤드라인을 장식하는 길드 통제국의 주요 인사들이었으니 당연한 반응이었다.

그럼에도 그들은 던전의 앞을 비켜줄 생각이 없는 것 같았다.

"국장님, 여긴 통제 구역입니다."

"누구한테?"

"던전이 열린 곳은 길드가 통제하고 있습니다. 더군다나 던전 접근은 그 누구에게도 허락되지 않도록 규정되어 있습니다."

"나는 길드를 관리, 감독하는 길드 통제국의 수장으로서 던전을 조사하려는 거야. 길드 연합의 규정은 나한테 적용되지 않는다. 그걸 모르나?"

"국장님이라도 안 됩니다. 저희는 이곳을 철통같이 지키라는 명령을 받았습니다. 상부의 지시가 없는 한 들어가실 수 없습니다."

"건방진 놈들이군. 맞고 비킬래, 그냥 비킬래?"

헌터들이 고집을 피우자 뒤에 서 있던 김도철이 나서며 검을 치켜들었다.

그저 슬쩍 검을 들었음에도 뼈가 시리도록 차가운 바람이 일어섰다.

더불어 푸른 광망.

헌터들을 응시하는 김도철의 시선은 당장에라도 검을 뺄 것만 같았다.

압박해 오는 기세에 주춤거리며 헌터들이 물러섰다.

3급 헌터에 불과한 그들이 김도철의 기세를 선 채로 견딘다는 건 불가능한 일이다.

그때, 다시 한정유가 나서며 천천히 입을 열었다.

"아직도 이 세상이 길드에 의해 움직인다고 생각하나? 길드는 통제국의 관리 감독을 받는다. 그 말은 어떤 자라도 당신들에게 책임을 물을 수 없다는 뜻이다. 그러니 죽고 싶지 않으면 비켜!"

*　　　*　　　*

셋은 거의 동시에 던전 안으로 뛰어들었다.

오감을 적시는 끈적거림.

던전 안은 예전과 변함이 없었다.

줄기줄기 나 있는 미로의 연속도 마찬가지다.

사방팔방으로 뻗은 동굴들이 마치 거미줄처럼 뻗어 있었는데 그 모든 곳에서 괴물들의 숨소리가 뜨겁게 진동하고 있었다.

문호량이 앞으로 나가려는 한정유를 잡은 것은 퀴퀴한 냄새를 맡으며 김도철이 인상을 찡그릴 때였다.

"정유야, 최근 들어 던전은 8시간이 유지되었다가 닫혔다. 너도 알다시피 던전에 들어오는 순간 세상의 시간이 멈춰져. 문제는 우리가 사는 세상과 이곳 던전의 시간이 어떻게 다른지 모른다는 거야."

"그래서?"

"괜히 욕심 부리면 자칫 못 돌아가는 수가 생겨. 처음 약속한 대로 3시간이다. 알지?"

"알고 있으니까 잔소리 좀 그만해."

문호량의 다짐에 한정유가 인상을 쓰며 몸을 돌렸다.

동굴 여기저기에서 구홀이 슬금슬금 다가오고 있었기 때문이다.

이곳에 오기 전 미리 상의해서 던전에 머무는 시간을 3시간으로 한정했다.

한정유와 문호량은 처음 던전에 들어왔을 때 3시간 정도 머물다가 돌아간 경험이 있었으니 그 시간 동안은 안전하다는 판단을 내렸다.

그 3시간 동안 던전의 비밀을 파헤치지 못한다면 다시 들어와야 한다.

물론 다시 들어올 때는 시간을 조금씩 늘려갈 생각이었다.

한정유는 주저 없이 무극도를 빼 들고 전진하기 시작했다.

다가온 구홀들이 시뻘건 이빨을 드러내며 덤볐으나 전진하면서 휘두른 무극도에 의해 박살이 나며 튕겨져 나갔다.

던전 안에서 괴물들의 힘이 10배로 증폭된다는 걸 알기 때문에 한정유는 무극도에 조금의 주저함도 담지 않았다.

구홀에 이어 키메라와 파이튼이 나타났으나 일행의 전진 속도는 눈부시게 빨랐다.

번갈아가며 선두에 선 세 사람의 무력은 증폭된 괴물들의 힘으로도 막을 수가 없는 것이었다.

10여 분 정도 들어가자 드디어 살라멘더와 스켈레톤이 등장하기 시작했다.

다시 봐도 어이가 없다.

현실에서는 한 칼에 박살 낼 수 있던 놈들이 던전 안에서는 도기를 뽑아내고도 서너 번을 적중시켜야 죽일 수 있었다.

물론 처음 들어왔을 때와는 비교할 수 없을 정도로 쉽다.

그땐 내공이 겨우 강간혈을 뚫은 상태였기 때문에 괴물들을 처치하면서 심한 내공 소모가 있었으나 지금은 호흡 한 점 흐트러지지 않았다.

얼마나 들어갔을까.

괴물들이 뜸해졌을 때 불꽃같은 안광을 뿜어내며 헬하운드가 나타났다.

벌써 현실에서 본 것과는 기세부터 달랐다.

저놈 때문에 결국 더 가보지 못하고 돌아갔던 생각이 떠오르자 한정유의 무극도가 진동하기 시작했다.

"단칼에 죽여주지."

슬쩍 이를 드러낸 한정유가 진동을 울리며 달려드는 헬하운드를 향해 솟구쳤다.

그런 후 곧장 목줄기를 향해 어느새 투명하게 변해 버린 도기가 날아갔다.

아무 소리도 나오지 않았다.

끔찍한 비명 소리도, 그토록 무시무시했던 파이어 링도 볼 수 없었다.

헬하운드가 공격을 하기도 전에 무극도에서 뿜어져 나온 투명한 도기가 놈의 목을 매끄럽게 절단해 버렸기 때문이다.

"역시 마제다. 단칼에 보내 버리는구만. 난 저놈을 죽이느라 생고생을 했는데 말이야."

"저렇게 쉽게 죽는데 무슨 생고생을 해. 호랑아, 그 거짓말 진짜냐?"

"너도 싸워봐. 저 새끼가 얼마나 강한지 직접 싸워봐야 알 수 있어."

"좋아, 다음에 나오면 내가 상대하지."

김도철이 못 믿겠다는 얼굴로 자신 있게 검을 치켜들었다.

이곳까지 오면서 김도철은 수십 마리의 괴물들을 상대했다.

비록 괴물들의 능력이 10배나 증폭되었어도 그의 검은 스켈레톤까지 상대하는 데 아무런 문제가 없었다.

하아, 말이 씨가 되었을까.

어이없게도 3마리의 헬하운드가 빠른 속도로 일행을 향해 다가오고 있었다.

김도철의 실력은 훌륭했다.

달려온 헬하운드를 각자 한 마리씩 맡아서 처리했는데 우려했던 김도철은 치열한 격전 끝에 헬하운드를 도륙했다.

문제가 발생한 것은 더 이상 괴물들이 나타나지 않는다는 것이었고, 미로가 끝없이 펼쳐져 방향을 잡기가 힘들어졌다는 것이었다.

이렇게 해서는 안 된다.

그동안 처치한 괴물들이 길의 이정표가 되었으나 괴물들이 나타나지 않자 돌아갈 길이 걱정되었다.

"정유야, 표식을 만들어야 해."

"그렇지 않아도 그럴 생각이었어. 이것 참, 거기가 다 거긴 것 같으니."

문호량이 소리를 치자 한정유가 무극도를 꺼내어 좌우의 벽면을 긁었다.

단칼에 벽면이 무너지며 커다란 구멍이 생겼다.

한눈에 봐도 쉽게 식별이 될 만큼 쟁반만 한 구멍들이 한정유가 전진할 때마다 거짓말처럼 생겨났다.

빠르게 이동하며 던전의 끝을 찾기 위해 달려갔다.

마치 미로 찾기나 다름없다.

벌집처럼 만들어진 구멍들 속에서 괴물들이 던전으로 들어온 입구를 찾는다는 건 결코 쉽지 않은 일이었다.

얼마나 시간이 지났을까.

한정유가 시간을 확인한 후 걸음을 멈추었다.

벌써 던전에 들어온 지 한 시간 반이나 지났으니 정해진 시간에 다시 나가기 위해서는 시간을 아껴야 했다.

"헤어지자. 이래서는 아무것도 안 될 것 같아."

"분산해서 찾자고?"

"그래."

"만약 길을 잃으면 어쩌려고. 잘못하면 빠져나가지 못할 수도 있어."

"전진하면서 10분마다 다시 모이면 돼. 어차피 시간이 한정되어 있으니 이 방법이 최선이야."

한정유의 제안에 두 사람이 마지못해 고개를 끄덕였다.

효율적인 방법이었으나 불안함을 떨치기 어려웠다.

걱정한 대로 길을 잃거나 합류하지 못한다면 던전 안에서 삶을 마감해야 될지도 모른다.

그럼에도 결정은 빨랐다.

모였던 곳에 일행이 확인할 수 있도록 무극도를 찔러 표식을 한 한정유가 먼저 좌측 동굴로 이동하자 나머지 두 사람도 각기 다른 통로를 향해 몸을 날렸다.

일행과 헤어진 한정유는 내공을 끌어 올려 야안을 확보한 후 빠르게 동굴을 타고 이동했다.

현천보를 극으로 끌어 올렸다.

어차피 이렇게 된 이상 던전이 생긴 이유에 대해 끝장을 보고 싶었다.

하지만, 쉽지 않다.

도대체 던전의 구조는 어떻게 생긴 걸까.

30m 간격으로 새로 나타나는 동굴은 끝없이 이어졌는데 각각의 통로가 만나는 법이 없었다.

약속한 대로 10분마다 다시 만나며 이동했다.

세 사람 모두 현경을 넘어선 고수들이었으니 그 이동속도는 눈부실 정도로 빨랐다.

두 번의 집결을 끝낸 후 세 사람은 동시에 서로의 얼굴을 쳐다봤다.

이제 남은 시간은 1시간.

더 진행한다면 시간을 넘길 가능성이 컸다.

그때 한정유의 얼굴이 서서히 일그러지기 시작했다.

먼 곳 어딘가에서 괴물들의 작은 움직임이 포착되었기 때문이다.

"들었어?"

"한동안 나타나지 않던 것들이 있네. 꽤 거리가 있는데?"

"가보자."

"시간이 없어. 이러다간 정해진 시간에 못 나가."

"이렇게 나갈 수는 없잖아. 거의 한 시간 동안 보이지 않던 놈들이 움직인다는 건 그쪽에 뭔가가 있다는 뜻이야."

"그렇긴 하지."

"일단 가자. 우리는 탐색을 하면서 왔기 때문에 되돌아갈 때 전속력으로 움직이면 시간을 맞출 수 있을 거야. 가서 뭐가 있나만 보자."

"그놈의 고집. 알았다. 정 안 되면 죽기밖에 더 하겠어."

한정유의 설득에 나머지 둘이 입맛을 다셨다.

말은 그렇게 했지만 통로가 닫혀서 던전 안에 갇힌다면 환장하고 펄쩍 뛸 일일 것이다.

그랬기 때문인지 소음이 들려오는 곳을 향해 달려가는 일행들의 신형은 번개가 따로 없을 정도였다.

소음의 근원지에 도착한 일행의 입이 떡 벌어졌다.

흰색 빛깔의 영롱한 자태. 푸른색이 아니라 흰색의 거대한 원형 구가 나타났던 것이다.

그 앞을 지키고 있는 다섯 마리의 스켈레톤.

스켈레톤은 침입자가 나타나자 흉성을 드러내며 비늘을 세웠는데 당장에라도 공격해 올 기세였다.

주저할 새가 없었다.

한정유가 먼저 움직였고 그 뒤를 문호량과 김도철이 따랐다.

스켈레톤이 마주 달려오며 공격을 해왔으나 작심하고 터뜨린 일행의 공격에 사방으로 나가떨어졌다.

남들이 봤다면 어땠을까.

그토록 강하다는 스켈레톤, 그것도 힘이 10배나 증폭된 괴물들을 단숨에 해치우는 일행들의 무력은 입이 떡 벌어질 정도다.

던전을 지키던 스켈레톤을 모두 처치한 일행이 던전 앞에 다가섰다.

흰색으로 빛나는 구체를 향해 한정유가 대뜸 팔을 내밀었다.

문호량이 옆에 있다가 깜짝 놀라며 제지하려 했으나 한정유의 팔은 이미 흰색 광채 안으로 들어간 상태였다.

아무런 느낌이 없다.

그저 자신의 팔이 잘린 것처럼 사라졌다가 다시 돌아왔을 뿐이다.

팔을 회수한 한정유가 친구들의 얼굴을 바라봤다.

그러자 문호량과 김도철이 동시에 자신의 팔을 내밀어 구체의 상태를 확인했다.

여전히 마찬가지.

일행의 얼굴이 동시에 굳어진 것은 흰색 구체 너머 존재하는 미지의 세계에 대한 갈증과 궁금증 때문이다.

"어쩔래?"

"절대 안 돼. 하지 마."

"왜?"

"생각 좀 해봐. 저 밖에 뭐가 있는지 모르잖아. 다시 들어올 수 있는지 어쩐지도 모르고."

"넌 궁금하지도 않아?"

"이 자식아. 넌 가은 씨가 걱정되지도 않냐. 너희 부모님과 동생은. 만약 아무런 소식조차 없이 네가 사라지면 나머지 사람들은!"

"우리 호량이는 아픈 데만 찔러."

"일단 나가자."

"이럴 줄 알았으면 저것들 중 하나 정도는 살려둘 걸 그랬지?"

한정유가 아쉽다는 듯 죽어 있는 스켈레톤을 쳐다봤다.

만약 스켈레톤이 다시 던전으로 들어온다면 그것은 그들 역시 다시 들어올 수 있다는 것을 의미하기 때문이었다.

"좋아, 일단 돌아가자. 갔다가 다시 오는 것으로 하지."

"잘 생각했다."

그러고 보면 머리를 잘 썼다.

오면서 만들어 놓은 표식들이 돌아가는 이정표 역할을 충실히 해줬기 때문에 일행은 빠르게 왔던 길을 되돌아갈 수 있었다.

멀리도 왔다.

현경을 넘어서 고수들의 신법으로 40여 분이나 걸렸으니 던전의 규모를 대충 짐작할 만했다.

괴물들의 시체를 가로지른 후 던전을 빠져나왔다.

똑같은 상황.

들어갈 때와 같은 자세로 서 있는 헌터들의 모습이 보였다.

그들은 일행이 던전을 빠져나오자 귀신을 본 것처럼 멍하니 서 있었는데 던전 안에서는 시간의 흐름이 멈춰진다는 걸 모르는 것 같았다.

아무리 생각해도 이해가 가지 않는다.

시간이 멈춰지는 공간이라니.

*   *   *

볼일을 보고 뒤처리를 안 한 것 같은 찜찜함에 한정유와 친구들은 통제국으로 돌아온 후 불편한 기색을 감추지 못했다.

던전의 끝을 확인했지만 온통 수수께끼투성이다.

던전의 규모, 형상, 괴물들의 무지막지한 힘, 출구 쪽의 하얀 출구.

하지만 그들을 가장 괴롭힌 건 과연 출구 밖에 무엇이 있냐는 것이었다.

그걸 알아야 던전이 생긴 이유와 해결책을 마련할 수 있다.

"아무래도 출구는 입구와 대칭되는 곳에 있는 것 같아. 우리가 여기저기 기웃거리느라 시간을 지체했지만 결국 도달한 곳은 대칭되는 장소였을 거야."

"나도 그 생각을 했어. 극과 극을 대칭된다는 원리. 중력의 흐름은 극으로 통하니까."

"이제 우리는 출구로 나가는 문이 있다는 걸 알았어. 문제는 출구 밖인데……. 그걸 어떻게 해결하지?"

"한 놈 데려가자."

"누굴?"

한정유와 문호량이 고민하자 중간에서 김도철이 불쑥 나섰다.

그는 뭔가 작심한 듯한 표정을 짓고 있었는데 자신만만한 모습이었다.

"백사파 두목 조용기. 그 새끼라면 최적일 것 같지 않아?"

"잔인한 놈."

"그놈은 사형 날짜를 받아놨어. 어차피 죽을 거 인류를 위해 희생한다고 생각하면 돼."

김도철의 말에 한정유와 문호량의 시선이 부딪쳤다.

인간을 미지의 세계에 밀어 넣는 게 조금 꺼림칙했지만 괴물을 쓰는 것보다는 사람이 백번 효율적일 것이다.

김도철의 말대로 백사파 두목 조용기는 사형이 확정되어 집행 날만 기다리는 처지였다.

500명이 넘는 젊은이를 납치해서 장기 장사를 한 놈이었으니 죽이는 건 당연한 일이었다.

하지만, 문제가 있다.

이리 죽으나 저리 죽으나 매한가지라면 놈은 의도적으로 돌아오지 않을 가능성이 컸다.

"우리가 알고 싶은 건 다시 들어올 수 있냐는 건데 놈이 도망 가면 말짱 도루묵이야."

"그러니까, 딜을 해야지."

"어떻게?"

"다시 들어와서 두 눈으로 본 걸 말해주면 살려준다고 해야 지."

"믿을까?"

"안 믿겠지. 하지만 갈 수밖에 없을 거야. 안 가면 금방 죽을 테니까."

"그 새끼 독종이라… 쉽지 않을 거다."

"살살 구슬려 보자고."

"누가?"

"당연히 통제국장이 나서야지. 그래야 그놈도 믿을 거 아니 야?"

"그래도 안 되면?"

"그땐 그냥 끌고 가면 돼. 우리가 언제 그런 새끼 허락받고 일 을 했어?"

"하긴……."

한정유가 입맛을 다시며 허리를 뒤로 눕혔다.

푹신한 소파의 안락한 느낌에 저절로 한숨이 흘러나왔다.

김도철의 말대로 설득시킬 생각은 없었다.

그런 놈을 설득하는 데 아까운 시간을 낭비하느니 그냥 끌고 가는 것이 더 효율적이란 생각이 들었다.

문이 열리며 김가은이 들어온 것은 던전이 다시 열릴 경우의 동선과 이동 경로에 대해 상의하고 있을 때였다.

눈치 빠른 김가은이 그냥 있을 리 없었다.

던전에 다녀온 후 며칠 동안 만나기만 하면 떠들고 웃던 사람들이 머리를 맞대고 뭔가 수군거리는 모습이 자주 보이자 그녀는 의심의 눈초리를 거두지 않았다.

길드와 관련된 경제계 인사들의 자료를 가지고 들어온 그녀는 김도철과 문호량이 있음에도 차근차근 보고를 마쳤다.

길드의 손발을 끊기 위해서는 경제계 쪽을 먼저 끊어놓는 것이 우선이라는 판단에 주요 인사들의 신상과 성분을 파악하는 중이었다.

한정유가 직접 만나 담판을 질 생각이었다.

통제국과 길드, 둘 중의 하나를 선택해야 된다면 경제계 인사들은 골머리를 앓겠지만 자신이 있었다.

대통령과 정부를 등에 진 통제국의 위상은 하루가 다르게 커져가고 있었기 때문에 경제계의 수장들을 다루는 건 일도 아니었다.

그 다음이 정치고, 언론이다.

거기까지만 장악한다면 길드는 우군을 다 잃은 상태에서 통제국과 한판 승부를 벌여야 할 것이다.

보고를 마친 김가은은 일어서지 않았기에 김도철과 문호량이 눈치를 보면서 헛기침을 했다.

그녀가 한정유를 빤히 바라보고 있었다.

"국장님, 그 날 어디 갔다 왔어요?"

"언제 말입니까?"

"청와대 가던 날. 굳이 비서실장인 날 떼어놓고 간 날 말이에요."

"그게……."

고수가 괜히 고수겠나.

그냥 느낌으로 안다. 그녀는 통제국 비서실장의 권한으로 청와대에 확인 전화를 해본 게 틀림없었다.

가급적 티를 내지 않으려 노력했는데 통하지 않았나 보다.

하긴, 며칠 동안 이놈들이 들어온 횟수가 평소보다 많긴 했다.

사람은 살다 보면 거짓말을 해야 할 경우도 있지만 이런 경우엔 통하지 않는다.

뻔히 알고 묻는 사람에게, 그것도 소중한 사람에게 계속 거짓말을 한다는 건 자살골을 넣는 것과 다름없는 것이다.

"사실을 말하면 화낼 텐데……. 화 안 낸다면 말하고."

"던전에 갔다 온 거죠?"

던전이란 말이 나오자 눈치만 보던 문호량과 김도철이 자리에서 일어난 후 잽싸게 튀었다.

의리는 밥 말아먹었고 저 살 궁리에 정신이 팔린 놈들의 행동은 제트기보다도 빨랐다.

똑똑한 여자와 살면 힘들다는 말이 그냥 나온 게 아니다.

김가은이 쏘아보며 핵심을 찔러오자 말문이 탁 막혔다.

그럼에도 한정유는 씩씩하고 당당하게 입을 열었다.

정면 돌파.

그가 가장 좋아하는 방식이다.

"갔다 왔습니다. 가은 씨와 했던 약속은 거짓이었어요. 당연히 사랑하는 사람이 위험한 곳에 간다면 난 따라갑니다. 하지만, 내가 위험한 곳으로 갈 땐 데려가지 않아요. 왜냐하면 사랑하는 사람이 다치는 걸 원하지 않기 때문입니다."

"어쩜… 변명을 그리 달콤하게 해요. 화도 내지 못하게?"

"진심이니까요."

한정유가 뜨거운 시선으로 바라보자 김가은의 얼굴이 단박에 달아올랐다.

이런 분위기를 만들기 위해 따진 것은 아니었다.

그럼에도 저절로 얼굴이 뜨거워지며 가슴이 가빠왔다.

사랑하는 사람을 다치지 않게 만들겠다는 그의 말이 뜨거운 시선과 함께 가슴속으로 훅 들어와 호흡을 가쁘게 만들었다.

"앞으로도 난 가은 씨를 데려가지 않을 겁니다. 그러니 너무 화내지 말아요."

"안 돼요."

"나를 힘들게 만들 생각인가요?"

"던전이 위험하다는 거 알아요. 하지만, 난 정유 씨와 떨어져 있고 싶진 않아요."

"더 이상 거짓말하고 싶지 않아요. 그러니 앞으로 던전에 갈 때는 가은 씨한테 간다고 말하겠습니다. 대신, 내가 판단해서 가은 씨를 데려가야 할 때가 오면 반드시 같이 갈 테니 그 정도로 이해해 주면 안 될까요?"

"정말… 이죠?"

"그럼요."

"정유 씨, 고마워요."

"그럼 이리 와요."

"뭐 하는 거예요. 여긴 사무실이라구요!"

한정유가 말을 마치며 끌어안자 김가은이 펄쩍 뛰며 손을 휘저었다.

그러나 그 손에는 힘이 담겨 있지 않았다.

사랑하는 사람의 손길은 언제나 거부할 수 없는 힘이 있으니까.

*   *   *

삶과 죽음의 차이.

인간에게 그것은 어떤 인생을 살았는가에 대한 결과.

그런 면에서 봤을 때 백사파의 두목 조용기는 죽음에 대한 개념과 가치가 전무한 놈이다.

또다시 던전이 열린 날.

한정유는 지하 감옥에 있는 조용기를 꺼낸 후 지체 없이 플라잉 카에 태웠다.

이번 던전이 열린 곳은 온양에 있는 태학산이었으니 15분이면 충분한 거리였다.

"흐으……. 날 어디로 데려가는 거냐?"

"좋은 곳에."

조용기는 부르튼 입술을 열어 가래 끓는 음성을 뱉어냈다.

엉망이다.

사도련의 정체를 밝혀내기 위해 요원들이 취조를 했기 때문에 놈의 몰골은 엉망이었다.

취조가 그냥 취조였겠나.

인간 같지 않은 놈의 입을 열게 만들기 위해서는 혹독한 고문이 이어졌을 것이다.

조용기는 태생부터 독종임이 분명했다.

엉망으로 변한 몰골이었음에도 눈깔이 새파랗게 살아 있는데 상대가 한정유란 것에 전혀 구애받지 않았다.

"네가 직접 온 걸 보니 죽이기 위해 데려가는 건 아닌 것 같고, 목적지를 말해. 어차피 사도련에 대해서는 모르니까 또 고문하면 난 그냥 헛바닥 물고 죽을란다."

"조용기, 너한테 기회를 주지."

"무슨 기회?"

"우린 던전에 들어간다. 거기에서 네가 거기서 할 일이 있어."

"던전이라……. 그게 왜 생겼는지 궁금하긴 했는데 그 원인을 알고 싶은 모양이네?"

"생각보다 머리가 잘 돌아가는구만."

"내가 할 일은?"

"중요한 일. 아무리 나쁜 놈이라도 세상을 구해보고 싶지 않나?

"말하는 걸 보니 출구를 찾았구나. 그렇지?"

"맞아."

"출구는 찾았는데 나가볼 용기는 없어. 그래서 날 데려가는 거고. 어차피 난 사형수니까."

간단한 몇 마디에 조용기가 정확하게 상황 파악을 했다.

장기 밀매란 사회악을 저질렀어도 한 조직의 수장답게 놈의 눈치는 대단히 빨랐다.

이리 되면 말하기가 편해진다.

"그냥 갔다만 와. 그래서 네가 본 걸 말해주면 된다."

"내가 돌아올 거라 생각해? 어차피 죽을 목숨인데?"

"우리가 널 그냥 보낼 거라고 생각한 건 아니겠지?"

빙그레 웃으며 말하자 조용기의 얼굴이 점점 일그러지기 시작했다.

그런 후 가래 끓는 목소리를 뱉어냈다.

"이런 씨발, 좆같은 새끼들이!"

수갑을 찬 조용기가 발악을 하면서 한정유를 향해 덤벼왔다.

하지만, 말 그대로 발악일 뿐이다.

몸을 움직이는 순간 어느새 날아간 한정유의 팔꿈치가 정확하게 놈의 머리통을 가격해서 구석에 처박아 버렸기 때문이다.

"흐으… 흐으……."

머리를 얻어맞고 구석에 처박혔던 조용기의 입에서 고통에 찬 신음 소리가 흘러나왔다.

하지만, 그 신음 소리는 단순한 고통에서 나온 것이 아니라 분노도 함께 섞여 있었다.

그냥 보내지 않는다란 말.

그건 무언가를 이용해서 자신을 속박할 거란 뜻을 나타내는 것이었다.

그리고 그건 족쇄일 가능성이 컸다.

플라잉 카가 온양에 도착하자 기다리고 있던 김도철이 다가왔
다.

"얘, 왜 이래?"

"팼어. 까불길래."

제대로 서지 못하고 땅바닥에 쓰러지는 조용기를 보면서 김도
철이 혀를 찼다.

덤빌 놈한테 덤벼야지.

이 새끼는 참 사람 보는 눈도 없다.

김도철이 쓰러져 있는 조용기를 향해 다가가더니 들고 있던
쇠줄을 놈의 수갑에 걸어 채웠다.

이것이 조용기가 예상했던 족쇄다.

나름대로 놈이 그냥 도망가는 걸 방지하기 위해 생각해 낸 방
법이었다.

번개같이 움직이는 손.

쇠줄을 걸자마자 김도철의 손이 빠르게 움직여 꿈틀거리는 조
용기의 마혈을 제압했다.

"준비 끝. 이제 출발해 볼까?"

"호랑이는?"

"먼저 올라갔어."

"그런데 왜 이렇게 시끄러워?"

"위쪽 사정이 안 좋은 거 같아. 피닉스 쪽에서 금방 추가 병력
이 도착했다. 스페셜 마스터가 다섯 명이나 왔더라."

"와이번이 나온 거야?"

"모르지. 나도 금방 도착했거든."

"가보면 알겠지."

한정유가 눈짓을 보내자 김도철이 꼼짝 못한 채 쓰러져 있는
조용기를 어깨에 둘러멨다.

사람을 둘러멨어도 그의 신형은 한줄기 바람 같았다.

바위와 바위를 건너뛰어 산으로 향하는 한정유와 김도철의
신형은 창공을 유영하는 독수리처럼 빠르고 경쾌했다.

"크르릉… 크릉……."

산으로 올라갈수록 피닉스 길드가 중심이 된 제1파티 병력들
이 날뛰는 괴물들과 격전을 치르고 있는 게 보였다.

꽤 많은 살라멘더와 스켈레톤의 모습이 보였고 그 뒤로 흉포
한 헬하운드가 날뛰는 게 눈으로 들어왔다.

하지만, 한정유의 시선이 머문 것은 그 뒤쪽이었다.

단 세 명의 인물이 불기둥을 뿜어내며 날뛰는 거대한 체구의

와이번을 상대하고 있었던 것이다.

"왔냐?"
"와이번이 또 나왔네. 20년 동안 3번밖에 안 나왔던 놈이라고 그러지 않았어?"
"그랬지. 던전 색깔이 변하고 나니까 안 나오던 괴물들도 자주 나오는군."
"도와줘야 되나?"
"아니, 괜찮을 거다. 저기 두 사람이 온 이상 여긴 신경 쓰지 않아도 돼."

문호량의 시선을 따라 잠시 전장을 확인한 한정유가 고개를 끄덕였다.
헬하운드를 상대하고 있는 사람들은 피닉스의 스페셜 마스터 장춘진과 이중로였는데 일방적인 공격을 퍼붓고 있었다.
확실히 다르다.
예전 제2파티에서 파견 나왔던 윤태영과 스페셜 마스터들은 저 두 사람에 비하면 어린애처럼 여겨질 정도로 막강한 무력을 지닌 무인들이었다.
와이번이 나타나면서 그동안 거의 출동하지 않았던 현경의 무인들이 드디어 모습을 드러낸 것이다.

전장을 잠시 바라보다 세 사람이 동시에 몸을 날렸다.
던전이 열려 있는 곳은 태학산 서쪽 7부 능선의 계곡이었다.

일행은 던전을 경계하는 헌터들을 무시하고 그대로 돌진했다.

워낙 빠르게 움직였기 때문에 경계 헌터들이 막고 자시고 할 새도 없었다.

"도철이는 뒤에, 호량아 가자!"

한정유가 무극도를 빼 든 채 무서운 속도로 질주하기 시작했다.

처음 나타난 구홀부터 키메라, 파이튼까지 그의 무극도에 조각조각 잘려 나갔다.

그 옆을 문호량이 받쳤다.

직경 10m가 넘는 통로가 절대무력을 지닌 두 사람의 공격에 괴물들의 시신으로 가득 찼다.

저번과 다르게 헬하운드는 나타나지 않았다.

최고 등급이 스켈레톤에 불과했기 때문에 일행의 전진 속도는 훨씬 빠를 수밖에 없었다.

거기에 입구와 출구가 대칭되어 있을 거란 판단을 내린 후 좌우의 통로들을 무시했으니 이동속도는 더욱 빨라졌다.

그럼에도 끝을 알 수 없을 정도로 거대한 던전에서 출구를 찾는다는 건 쉬운 일이 아니었다.

거의 한 시간 이상 달렸음에도 괴물들의 움직임은 포착되지 않았다.

"잠깐 쉬자. 이거 뭔가 이상한데?"

"아이고, 이 새끼 무거워 죽겠네. 야, 바꿔. 힘들어 죽겠어."

한정유가 걸음을 멈추자 뒤를 따라오던 김도철이 조용기를 바닥에 팽개쳤다.

힘들긴 힘들었을 것이다.

조용기를 어깨에 멘 채 미친 듯 달려가는 한정유를 따라오느라 그의 얼굴은 붉게 달아올라 있었다.

"이 정도면 나와야 되는 거 아닌가?"

"나왔어야 해. 극이 맞다면. 우린 일직선으로만 달렸잖아."

"그런데 왜 안 나와?"

"도철이는 여기 있고, 우리만 양쪽으로 가보자. 거리상으로는 충분히 왔어. 그럼 방향이 잘못됐다는 거야. 직선으로 생각했던 이 통로의 방향이 틀어진 거라면 우린 엉뚱한 쪽으로 왔을지도 몰라."

"하아, 재수 없는 소리!"

문호량의 제안에 김도철이 소리를 빽 질렀다.

하지만, 한정유는 이미 고개를 끄덕이고 있었다.

"좋아, 그럼 출발해. 던전을 찾든 못 찾든 30분 후에 여기서 만나."

"무슨 소리야. 정말 나만 남겨놓고 너희들만 간다고?"

"그럼 어떡해. 30분만 기다려, 수색하고 올 테니까."

황당한 표정을 짓는 김도철을 남겨두고 한정유와 문호량이 사선으로 뻗어 있는 좌우의 동굴을 따라 사라졌다.

뒤에서 소리를 바락바락 지르는 김도철의 목소리가 들렸으나 그들은 고개조차 돌리지 않았다.

*   *   *

오른쪽 동굴을 따라 움직이던 한정유는 마음이 급했다.

또 뭐가 잘못된 걸까.

처음 던전에 들어왔을 때의 경험에 비추면 그들의 판단은 결코 잘못된 것이 아니었다.

최초의 던전 탐험은 좌우를 들락거리며 시간을 보냈지만 결국 일직선을 따라 움직이다가 출구를 발견했으니 말이다.

던전의 출구를 확인하고 표식을 따라 돌아가는 데 걸린 시간은 불과 40분도 걸리지 않았다.

그렇다면 문호량의 말대로 방향이 잘못되었을 가능성이 컸다.

마음이 급하자 저절로 몸이 반응했다.

지면을 밀어내며 앞으로 전진하는 현천보가 한정유의 발을 허공에 뜬 것처럼 보이게 만들었다.

스윽… 스윽… 크웅… 크웅.

얼마나 달렸을까.

찾았다.

먼 곳에서 들려오는 괴물들의 작은 움직임이 느껴졌다.

그대로 앞을 향해 전진하자 점점 괴물들의 움직이는 소리와 울부짖음 소리가 점점 커지더니 그동안 보이지 않던 세 마리의 헬하운드가 모습을 드러냈다.

이건 또 뭐야.

이것들은 왜 여기에 있는 거지?

의문이 생겼으나 한정유는 무극도부터 꺼내 들었다.

시간이 없으니 일단 해치우는 것이 우선이었다.

허공을 격하고 날아가며 그대로 섬전십삼뢰의 제8초식 파혼(破魂)을 펼쳤다.

마음이 급하다 보니 단박에 처치해야 된다는 판단에, 다수를 상대할 때 막강한 위력이 있는 후삼식을 꺼내 들었다.

마제로 무림을 종횡할 때 이 초식으로 그는 현경에 든 자들의 협공을 박살 냈다.

파혼(破魂)이 펼쳐지자 동굴 전체가 도기로 변했다.

투명한 도기가 창처럼 변해서 동굴 전체를 차단한 채 날아갔는데 그 어디로도 피할 곳이 보이지 않았다.

위기를 느낀 헬하운드들이 동시에 파이어 링을 뿜어내며 대항했으나 도기의 물결은 노도처럼 괴물들의 신체를 갈가리 찢어버렸다.

단 일 초.

10배의 힘이 증폭된 헬하운드들이 한정유가 펼쳐 낸 공격에 의해 피떡이 되어 날아갔다.

왔던 길을 다시 돌아가 헤어졌던 곳에 도착하자 김도철과 문호량이 초조한 얼굴로 기다리고 있었다.

"왜 이리 늦었어?"
"찾았다."
"정말!"

두 놈이 동시에 소리를 질렀다.

그들은 한정유가 돌아오지 않자 거의 포기하고 있었는지 소리를 지르면서도 믿기지 않는 얼굴이었다.

"시간 없어. 가자!"

한정유가 몸을 돌리자 김도철이 땅바닥에 팽개쳤던 조용기를 둘러메고 따랐다.

참 많이도 왔다.

친구들을 부르기 위해 올 때는 그리 멀게 느껴지지 않았는데 왔던 길을 되짚어 가자 엄청 멀게 느껴졌다.

이윽고 흰색 던전 출구 앞에 도착한 일행들이 동시에 신형을 멈추고 서로의 시선을 확인했다.

먼저 움직인 것은 김도철이었다.

그는 시체처럼 뻗어 있는 조용기의 마혈을 풀어준 후 목덜미를 안마하는 것처럼 쓰다듬었다.

해혈을 했다고 해서 금방 신체의 기능이 돌아오지 않는다.

점혈을 당했던 자는 기혈이 멈추기 때문에 독문수법으로 안마를 해서 기혈을 풀어줘야 회복이 빠르다.

"이 새끼야. 정신 차린 거 알고 있으니까 그만 일어나."

"좆까. 그냥 죽여."

조용기가 바닥에 쓰러진 채 눈만 뜨고 이를 갈았다.

놈은 한정유를 향해 비웃음이 가득 찬 웃음을 짓고 있었는데 절대 협조할 생각이 없는 것 같았다.

놈의 웃음을 본 한정유가 성큼성큼 다가와 놈의 멱살을 잡고 일으켰다.

"씨발, 놈이 좋은 말로 할 때 들으면 얼마나 좋아. 꼭 손을 쓰게 만든단 말이야."

이 새끼는 아직도 내 성격 파악을 못했나 보다.

조용기를 들어 곧바로 흰색 광채를 뿜어내는 출구를 향해 그대로 던졌다.

놈의 신형이 날아가자 쇠줄을 손에 쥐고 있던 김도철이 기겁을 하면서 팔에 힘을 가했다.

잘못하면 자신까지 날아갈 판이었던 것이다.

"이 자식아, 깜빡이 좀 켜. 나도 같이 나갈 뻔했잖아!"

"아, 쏘리."

김도철이 조용기의 수갑에 매단 쇠줄은 특수 가공된 합금으로 맨손만 가지고는 절대 끊을 수 없는 것이다.

줄의 길이는 7m.

충분히 던전 밖에까지 연결할 수 있는 길이였다.

세 사람이 동시에 흰색 광채를 빤히 쳐다봤다.

조용기의 몸을 삼킨 흰색 광채는 무슨 일이 있었냐는 듯 아무런 변화가 없었다.

기다렸다.

밖의 세상을 충분히 볼 수 있는 시간을 준 후 다시 끌어당길 생각이었다.

팽팽하게 당겨진 줄.

얼마나 지났을까.

한동안 주시했으나 인장력만 있을 뿐 좌우의 움직임은 감지되지 않자 한정유의 입술 끝이 점점 비틀어졌다.

뭔가 잘못되었다.

그가 봤을 때 김도철의 해혈은 완벽해서 놈의 몸을 정상으로 돌려놓은 상태였다.

그 말은 놈이 충분히 움직일 수 있는 상태란 걸 의미했으니 줄이 팽팽한 인장력만 유지하고 있다는 건 상식적으로 이해되지 않는 일이다.

그랬기에 한정유는 김도철의 손에 감겨 있던 줄을 끌어당겼다.

천천히 당겨져 나오는 쇠줄.

텅 빈 것 같은 허무함이 느껴지는 순간 한정유의 움직임이 빨라졌다.

낚시를 해본 사람은 안다.

매달려 있던 물고기가 빠져나갔을 때의 그 느낌을.

딸려 나온 쇠줄의 길이는 2m 정도 줄었는데 그 단면이 더없이 매끄럽게 잘려 있었다.

절대 사람이 한 짓은 아니다.

더군다나 조용기는 수갑을 찬 상태였고, 근본적으로 합금쇠줄을 맨손으로 자를 능력이 없는 놈이다.

"미치겠군. 이러면 나가린데."

제30장
세계 헌터 챔피언십

이런 결과 때문이었을까.

길드가 왜 필사적으로 던전에 들어가지 못하게 만들었는지 이제 이해가 되었다.

분명.

현경에 든 길드의 고수들은 한정유가 찾았던 던전의 출구를 확인했을 것이다.

그리고 비슷한 짓들을 해봤겠지.

던전의 출구를 나간다는 건 죽음을 각오해야 된다는 것을 의미한다.

과연 누가 그런 모험을 할 수 있단 말인가.

슬그머니 다가온 문호량이 팔을 붙잡았고, 그 뒤를 이어 김도철이 앞을 가로막았다.

그들은 한정유가 어쩌면 미친놈처럼 던전 출구를 향해 몸을 던질지 모른다는 생각을 한 것 같았다.

가슴속 깊은 곳에서 솟아나는 궁금증이 물밀 듯 밀려왔으나 놈들의 행동을 보면서 쓴웃음을 지었다.

아무리 불같은 성격을 지녔어도 안 되는 건 안 되는 거다.

지금 집에서는 자신을 기다리는 가족이 있고 사랑하는 여인이 돌아오기를 기다린다.

"정유야, 돌아가자."

"응."

"어쩐지 이상하다 했어. 왜 길드에서 필사적으로 비밀을 지키려 했는지 이제는 이해가 가."

"결국, 기다려야 되는 건가?"

"뭘?"

"지구에 나타난 던전이 스스로 왜 생성되었는지 가르쳐 줄 때까지."

한정유의 질문에 친구들은 아무 말도 하지 않았다.

그들이 던전을 들어온 것은 사람들이 위험해지기 전에 그 정체를 밝혀내서 방지하기 위함이었다.

하지만, 던전의 상황이 이러니 이젠 기다릴 수밖에 없었다.

걱정에 걱정이 더해졌다.

이제 흰색에서 푸른색으로 변한 던전은 시간이 지나면 다른 색깔로 바뀔 가능성이 농후했다.

색깔이 변하면 괴물들의 힘이 강해진다.

만약 괴물들의 힘이 5배를 넘어설 경우 길드가 펼치는 방어선은 더 이상 견고함을 유지하지 못할 것이다.

거기다 헬하운드나 와이번까지 출현한다면 상상하기조차 싫었다.

＊　　　　＊　　　　＊

"이번에도 출구가 흰색이었나요?"

"분명 흰색이었습니다."

"입구는 푸른색, 출구는 흰색. 휴우……. 어렵네요."

"뭔가 추측되는 게 있습니까?"

"언뜻 떠오르는 건 있는데 확실하지는 않아요."

김가은이 곤혹스러운 표정을 지었다.

그럼에도 뭔가 짚이는 게 있는 것 같았다.

"괜찮으니까 말해봐요. 가은 씨 생각에는 왜 그런 것 같아요?"

"중력의 재배분 과정의 종점이 흰색이란 생각이 들어요. 괴물들의 힘이 푸른색으로 바뀌면서 2배가 증폭되었잖아요. 아마 색깔이 점점 변하겠죠. 그런 다음, 마지막에 다시 흰색으로 바뀌면서 완전한 중력 일치 현상이 벌어질 것 같아요. 물론 추측이지만."

"그렇다면 합금 쇠줄이 끊긴 이유는 뭐라고 생각해요?"

"단면이 매끈하게 잘렸다고 했죠?"

"맞아요. 마치 보검에 잘린 것처럼."

"너무 어려워요."

"저번에 가은 씨가 말한 것 중에 차원이동이 있었습니다. 혹시 그것 때문에 생긴 현상일까요?"

"그럴 수도 있을 거예요. 던전 안의 시간과 밖의 시간이 초월된다는 건 차원의 변화로밖에 설명이 되지 않거든요."

김가은이라고 뭘 알 수 있을까.

모든 것이 수수께끼투성이인 던전의 현상을 알아내기 위해서는 다른 경로를 통해야 할 것 같았다.

잠시 두 사람은 아무 말도 하지 않았다.

인류를 위협하고 있는 던전.

그 던전의 존재 이유를 알아내지 못한다는 건 최악의 상황이 오는 걸 방치하는 것과 다름이 없었다.

김가은이 침묵을 깬 것은 벽에 걸려 있는 시계를 확인한 후였다.

"국장님, 세계헌터협회에서 공문이 왔어요."

"무슨 공문 말입니까?"

"세계 헌터 챔피언십 일정에 관한 공문입니다. 보세요. 내년 3월에 전년 대회 우승국인 일본 도쿄에서 벌어지는데, 참가자는 보름 전까지 입국하라는 내용이에요. 입국한 다음에 대진표 추첨과 공식 행사들이 이어진다네요."

길드협회가 해체되고 길드 통제국이 헌터들을 관할하면서 모든 공문은 통제국으로 들어왔다.

요즘 한참 말 많은 헌터스와프에 관련된 내용은 물론이고, 수많은 공문들이 통제국을 거쳐 길드와 언론에 뿌려졌다.

김가은이 내민 공문을 보면서 한정유가 눈쌀을 찌푸렸다.

하얀 종이에 적혀 있는 글씨가 영어였기 때문이다.

슬쩍 보는 척하다 그녀를 바라봤다.

무식함을 일부러 드러낼 생각도 없지만 감출 생각도 없었다.

"몇 명이나 참석한답니까?"

"123개국이 참석해요."

"많군요."

"곧 홍보국장이 이 내용을 국민들한테 발표할 거예요. 국장님은 참가자 자격으로 단상에 같이 올라가야 해요."

어느새 평온을 되찾은 그녀가 한정유를 바라보며 방긋 웃음을 지었다.

그녀는 자신이 사랑하는 사람, 한정유가 대한민국의 대표로 세계 헌터 챔피언십에 출전한다는 사실을 무척이나 자랑스러워하고 있었다.

최근 들어 던전에 정신이 팔려 있지만 챔피언십 또한 신경을 쓰고 있었다.

대회가 다가오자 모든 언론이 한정유의 우승을 바라며 계속 특집 방송을 때리고 있었기 때문이다.

언론은 그 어느 때보다 뜨겁게 달아오르는 중이었다.

한정유의 강력함으로 인해 미국을 비롯한 해외 언론들이 우승 후보 10인에 그의 이름을 올려놓았던 것이다.

세계의 헌터 전문가들은 그동안 한정유가 치렀던 시합 장면을 분석한 후 강력한 우승 후보에 올려놓았기에 그에게 거는 국민들의 기대는 폭발 직전이었다.

*   *   *

한정유는 플라잉카를 타고 피닉스 길드의 현관에 내렸다.

차에서 내려 우뚝 솟아 있는 건물을 잠시 바라보다가 천천히 걸음을 옮겼다.

2년 전 이곳에 시험을 보러 왔던 장면이 떠올랐다.

그때의 그는 겨우 무공을 회복했고, 심사 위원인 정도일에게 면박을 당하는 치욕도 겪었다.

그냥 나왔지.

물론 면접실을 뒤집어놓을 수 있었으나 그때의 무공으로는 더 큰 창피를 당했을지도 모른다.

"역시 건물이 좋군. 다시 봐도 좋아."
"감회가 새롭죠?"
"그러네요. 그런데 우리가 온다고 미리 연락을 하지 않았어요?"
"했어요."

한정유의 질문에 옆에 있던 김가은이 대답을 했다.
그녀의 얼굴은 좋지 못했다.
분명히 통제국장의 방문을 사전에 통보했음에도 아무도 마중을 나오지 않았기 때문이다.
피닉스 길드는 그녀의 친정이나 다름없는 곳이었기에 다른 길드와 달리 애정이 각별한 곳이다.
그럼에도 그녀의 얼굴은 붉게 상기되어 있었다.
오랫동안 몸담은 곳이었으나 길드 통제국장에 대한 예의를 지키지 않은 이상 책임을 물어야 한다.

"이것들이 웃기네."
"이제 나오네요."

이를 드러낸 한정유의 행동을 보면서 김가은이 급히 입을 열었다.
서무원을 비롯해서 몇 명의 인물들이 로비를 가로지르며 급히 나오는 게 보였기 때문이다.

휴우, 그녀의 한숨.

그녀의 한숨에 담긴 것은 다행이라는 감정이었다.

"국장님, 어서 오십시오. 지금 원주에서 던전이 열리는 바람에 영접이 늦었습니다."

로비를 가로질러 현관으로 나온 서무원이 정중하게 말을 건넸다.

말투가 바뀌었다.

신입사원 면접 시험을 볼 때는 거침없이 말을 내렸던 그가 이제는 정중한 어투로 인사를 해왔다.

위상의 변화다.

무인으로서, 길드 통제국을 이끄는 수장으로서, 그는 2년 전과 비교할 수 없는 위치에 올라 있었다.

안내를 받아 회장실로 가는 동안 서무원과 김가은은 부녀 사이처럼 소근거리며 정답게 이야기를 나눴다.

회장실에 도착하자 피닉스 길드의 회장 이무천이 나와 있는 게 보였다.

"어서 오십시오. 오신다고 해서 모든 스케줄을 취소하고 기다렸습니다."

"그러셨습니까. 급한 일이 있는 줄 알았다면 다음에 올 걸 그랬군요."

"별말씀을. 통제 국장님이 오신다는데 당연히 취소를 해야죠. 자, 들어갑시다."

그 역시 말투가 변했다.

하긴 어쩌면 당연한 일이다.

공정한 대결에서 자신을 꺾은 한정유는 무인으로서 충분히 존경받아 마땅한 무인이다.

차가 들어왔고 잠시 신변잡기에 대한 말이 오간 후, 이무천이 입을 열어 참았던 의문을 나타냈다.

통제국장이, 그것도 요즘 헌터 챔피언십으로 인해 모든 국민의 관심을 받고 있는 한정유의 급작스러운 방문은 전혀 예상치 못한 일이었다.

"한 국장님, 그래 어쩐 일이시오. 내가 궁금해서 더 이상 견딜 수가 없구려."

"한 가지 물어볼 게 있어서 왔습니다."

"그게 뭐 길래 여기까지 오셨소. 전화로 할 말이 아니었던 모양입니다."

"내가 온 것은 던전 때문입니다."

한정유의 대답에 이무천의 안색이 순식간에 굳어졌다.

이것 또한 의외다.

던전에 관한 것은 일급 기밀이었고, 최근 몇 년간은 아예 던전에 들어간 사람이 없었기에 이젠 언론에서조차 던전에 대한 궁금증을 싣는 기사를 찾아보기 어려웠다.

"던전이라니요. 그게 무슨 뜻입니까?"

"내가 들은 정보에 따르면 회장님께서 던전에 들어갔다 오셨다고 하더군요. 7년 전에 말입니다. 안 그렇습니까?"

"음, 그런 적이 있지요."

"단도직입적으로 말씀드리죠. 최근에 저도 던전에 다녀왔습니다."

"언제 말입니까?"

"10일 전, 그리고 3일 전."

"그러셨구려."

"그곳에서 흰색으로 빛나는 던전의 출구를 확인했습니다. 회장님도 확인하셨겠지요?"

"확인했소."

"그렇다면 출구 밖으로 나가려는 시도도 했습니까?"

"그렇소."

"아마 회장님도 저와 같은 방법을 썼을 테니 그에 대한 건 생략하겠습니다. 회장님, 난 그동안 과학기술 연구소에서 비밀리에 연구한 자료를 봤으면 합니다. 컴퓨터에 들어 있는 거 말고 시크릿 보고서 말입니다."

툭 찔렀다.

예전, 김가은이 과학기술 연구소에서 얻어온 정보를 들었지만 뭔지 석연치 않은 구석이 많았다.

감이다. 뭔가 또 다른 것이 있을 것 같다는 예감.

그래서 찔러봤다.

빤히 바라보던 이무천의 얼굴이 점점 굳어져 갔다.

최대 길드의 회장으로 오랜 세월을 지내며 웬만해서는 놀라지 않았으나 한정유의 질문은 그냥 넘기기 어려웠다.

그럼에도 그는 결코 자신의 감정을 쉽게 드러내지 않았다.

"어디까지 알고 있습니까?"

"대충 다."

"대충이란 말은 아무것도 모른다는 말과 같은 것이오. 내가 봤을 때 한 국장님은 무작정 찾아온 것 같구려. 안 그렇소?"

"대충이란 단어를 잘못 해석하셨군요. 내가 말하는 대충은 아무것도 모른다는 뜻이 아닙니다."

"그럼 뭡니까?"

"모든 걸 알아내겠다는 뜻이죠."

한정유가 앉은 자리에서 무극진기를 끌어 올려 회장실 전체를 장악했다.

그가 내뿜은 기파로 인해 방 안의 공기가 진공상태로 변했다.

다시 말하면, 회장실에서 어떤 일이 벌어져도 밖에서 알 수 없다는 뜻이다.

"내가 던전에 들어간 것은 던전이 변했고, 던전으로 인해 사람들의 생명이 점점 위해질 거란 판단 때문이었습니다. 하지만 길드는 오래전부터 던전의 정체를 알면서도 아무런 행동도 하지 않았지요. 난 이제 그 책임을 물어야겠습니다."

"협박이오?"

"그렇습니다."

"불응한다면?"

"끝끝내 던전에서 벌어진 일과 분석 내용을 말하지 않는다면 난 회장님을 반역죄로 처단하겠습니다. 국가와 국민의 이름으로!"

한정유의 입에서 쉿소리가 흘러나왔다.

절대 빈말로 하는 말이 아니다. 말을 하는 와중에 기세가 변하며 무한한 힘이 이무천의 전신을 찍어 눌렀다.

자신의 전신을 향해 다가온 가공할 힘에 대응하던 이무천의 얼굴이 서서히 달아오르기 시작했다.

시간이 갈수록 압박해 오는 힘의 강도에 대응하기 위해 혼신의 내공을 끌어 올려야 했다.

그럼에도 견디기 힘들다.

이런 압박을 계속 당하면 결국 무릎을 꿇어야 한다는 판단이 섰다.

그랬기에 이무천은 이를 악물며 자신의 장검을 잡으려 했다.

그때 그를 압박하던 힘이 갑자기 풀렸다.

"그 검, 잡으면 진짜 죽습니다. 왜, 무엇 때문에 던전의 비밀을 숨기는 건지 말하시오!"

"으……."

"길드의 이익 때문이오?"

묵직한 신음을 흘려내던 이무천이 한정유의 질책에 쓴웃음을 흘려냈다.

그의 표정은 고뇌에 차 있었는데 무척이나 힘겨워 보였다.

"난 던전에 10번이나 다녀왔소. 혼자 힘으로 벅차서 현경에 오른 5명의 고수들을 대동했지요. 아마 다른 길드도 사정이 비슷했을 것이오. 한 국장께서 말씀하셨던 것처럼 거기서 흰색 출구를 확인한 후 7명을 출구로 내보냈소. 하지만, 아무도 돌아오지 못했지요. 거긴 다른 차원의 세계였기 때문이오."

"증거는?"

"우리 과학연구소 박사들의 말에 따르면 차원이 바뀌는 공간에 머물 경우 모든 물체가 강력한 자기장에 의해 절단된다고 합디다. 처음에 쇠줄에 연결시켜 내보내니 계속 절단현상이 생기길래 마지막에는 사람을 통째로 집어넣고 시험을 해봤소. 그랬더니 두 다리만 남더군요."

"사람으로 시험을 했단 말입니까?"

"살인자들이었소. 한 국장님도 그런 사람을 골랐던 거 아니오?"

"그래도 난 그렇게 잔인한 짓은 하지 않았습니다."

"그게 그거요. 어차피 죽이는 건 마찬가지니까."

"좋습니다. 그래서요?"

"회장단 모임이 한 달에 한 번씩 있습니다. 그리고 반기에 한

번씩 내가 주관해서 연구 결과를 토론했지만 나온 건 아무것도 없었소. 아무것도…… 왜 그런 줄 아시오?"

"말씀하시죠."

"우리가 내린 추측은 전부 허상에 불과하기 때문이오. 던전의 정체를 밝히기 위해서는 누구든 출구를 나갔다가 돌아와야 합니다. 현대의 과학으로는 던전의 생성 원인을 알 수가 없소. 그것이 지금 인류가 처한 상황이고 한계요."

"그럼 왜 숨긴 겁니까?"

"숨기고 싶어서 숨겼겠소. 인류에게 아무런 희망조차 주지 못하는 결론은 차라리 밝히지 않는 게 옳은 일이오. 길드가 던전에 들어간 것은 더 큰 이익을 얻겠다는 것보다 던전의 비밀을 밝혀 인류의 안전을 도모하려는 이유가 더 컸소. 이 세상은 초인들만 살아가는 세상이 아니기 때문에 사람들이 위험해지기를 바라지 않았단 말이오!"

한정유는 피닉스 길드의 회장 이무천이 내놓은 메모리 칩을 받은 후 통제국으로 돌아와 그것을 정보팀에게 넘겼다.

메모리 칩에 그동안 던전을 드나들며 분석된 내용들이 전부 담겨 있다고 했는데, 김가은이 직접 정보팀과 함께 자료를 분석한 결과 그의 말은 사실이었다.

동굴을 형성하고 있는 토질의 성분 분석부터 던전 안에 존재하는 괴물의 숫자, 던전 출구에 관한 연구까지.

길드는 특수 장비를 제작해서 중력의 변화에 따른 접점 지역이 물리적인 측면에서 어떤 현상을 나타내는지 실험을 하면서 동영상을 찍었는데, 그 실험 결과는 놀랍게도 한정유가 목격한 것과 유사했다.

결국, 중력 간의 연결 지대에서 머무는 물체는 파멸된다는 것이 실험을 통해 증명된 것이었다.

그러나 그런 자료들도 결국 아무런 소용이 없다.

출구 밖으로 나가보지 않은 이상 인류를 위협하는 던전이 왜 생겼는지 알 도리가 없기 때문이다.

길드가 했던 시험 중 특이한 것이 있었다.

이무천은 한숨을 내리쉬며 힘겹게 입을 열면서 실험자 중에는 사형을 당할 범죄자 외에도 일반인이 포함되어 있었다고 했다.

범죄자들이 계속 돌아오지 않자 거대한 부채를 진 일반인을 섭외해서 빚을 탕감해 주는 조건으로 출구로 내보냈다는 것이었다.

똑같이 돌아오지 않았다.

그는 가족이 있는 사람이었고, 빚을 탕감해 준 상태에서 실험에 응했기 때문에 도망갈 이유가 없는 사람이었다.

결론은 정해졌다.

어떤 이유로 이런 현상이 벌어졌는지 모르지만 던전의 출구를 통해 다른 세상으로 간다면 돌아오지 못한다.

다시 말해, 던전의 출구를 나간다는 것은 목숨을 걸어야 하고 이 세상의 인연과 완벽히 절연해야 된다는 뜻이다.

*　　　*　　　*

"가실 시간이에요."

김가은이 들어와 출발 시간을 알렸다.

오늘은 세계 헌터 챔피언십의 출정식이 열리는 날이었다.

지난 2달 동안 던전은 푸른빛을 뿜어낸 채 변화를 보이지 않았고, 와이번이 출현한 것도 2번에 불과했다.

던전의 정체를 밝혀내지 못한 채 2달이란 시간이 지나자 점차 답답함도 가라앉았다.

그 배경에는 더 이상 푸른 던전의 색깔이 변화를 보이지 않는 것도 한몫했다.

사람은 상황에 맞게 적응하면서 산다고 했던가.

미래가 불편하고 불안했으나 한정유는 길드 통제국의 임무에 충실하면서 시간을 보냈다.

이제 월드 챔피언십이 열리기까지 남은 시간은 한 달.

전 세계를 뜨겁게 달구는 열기.

챔피언십이 한 달 앞으로 다가오자 지구는 온통 출전하는 선수들에 대한 이야기로 들끓고 있었다.

특히 세계적인 전문가들이 꼽은 10명의 전사들은 화제의 중심에서 연일 특종을 생산하고 있었는데 한정유도 그중의 한 명이었다.

지금 통제국의 프레스 센터에는 300여 명의 내외신 기자들이 진을 친 채 한정유가 나타나기만을 학수고대하는 중이었다.

일본으로의 출정을 보름 앞둔 상태에서 대한민국의 영웅, 한정유의 공식 인터뷰와 출정식이 동시에 벌어지기 때문이었다.

한정유가 자리에서 일어나자 남정근을 비롯해서 김도철과 문호량이 한 몸처럼 그 뒤를 따랐다.

출정이란 전쟁터에 나가는 전사가 치르는 영광스러운 행사다.

한정유는 대한민국을 상징하는 전사였으며, 오늘 이 자리는 전 국민에게 반드시 이기고 돌아오겠다는 것을 약속하기 위해 만든 자리였다.

프레스 센터에 들어서자 수많은 기자들이 별빛처럼 플래시를 터뜨렸다.

사진만 찍은 게 아니다.

국내 기자들은 한정유가 나타나자 환성을 질렀는데 마치 팬사인회에 모습을 드러낸 슈퍼스타를 맞아들이는 것과 비슷했다.

기자들이 이런 환성을 지르는 이유는 간단했다.

한정유는 길드 통제국을 이끌며 사회 곳곳에서 사람들의 삶을 파괴하던 흑도회를 일망타진함으로써 사회정의를 실현했고,

길드에 의해 통제되었던 언론의 자유를 되찾아주는 파격을 선물해 주었다.

물론 지금도 완벽한 자유를 얻은 건 아니었지만 몇 달 전과 비교한다면 하늘과 땅 차이라 표현할 수 있을 정도로 언론은 표현의 자유를 얻은 상태였다.

길드의 속박에서 벗어난 언론의 기쁨.

따라서, 한정유는 기자들에게 있어 영웅 그 이상이다.

단상에 오른 한정유가 먼저 기자들을 향해 정중하게 인사를 한 후 천천히 입을 열었다.

출정문을 읽기 위함이었다.

"친애하는 국민 여러분, 저는 오늘 대한민국을 대표해서 헌터 월드 챔피언십에 출정한다는 것을 보고 드리기 위해 이 자리에 섰습니다. 저는, 대한민국의 헌터로서 국가의 명예를 걸고 최선을 다해 싸울 것을 약속드리며……."

약 3분 정도에 불과한 짧은 출정문이었다.

그럼에도 기자들은 한정유의 출정 장면을 녹화하느라 정신이 없었고, 읽는 동안 무차별적인 플래시 세례를 퍼부었다.

출정문 연설이 끝난 후 본격적인 인터뷰가 이어졌다.

오늘 기자들은 작정을 하고 온 것처럼 보였다.

그동안 한정유의 특수한 신분 때문에 제대로 인터뷰를 하지 못했기에 그들은 오늘만큼은 어떤 수를 쓰더라도 자신들의 궁금증을 풀고자 했다.

"한 국장님, 세계의 전문가들이 영광스럽게도 한 국장님을 우승 후보 10인 중 일인으로 꼽았습니다. 여기에 대해서 어떻게 생각하십니까?"

"아무래도 전문가들이 잘못 판단한 것 같습니다."

"무슨 말씀이시죠?"

"우승 후보 10인 중에 포함되어 있지만 강력한 우승 후보군에는 포함되어 있지 않더군요. 저는 그것을 받아들일 수 없습니다. 왜냐하면 제가 우승할 것이기 때문입니다."

어이없는 대답에 기자들 속에서 커다란 웅성거림이 생겨났다.

아무리 자신 있다 하더라고 이런 대답을 한다는 것은 무모한 행동임이 틀림없었다.

그랬기에 외신 기자들의 얼굴 위로 비웃음이 떠올랐다.

한정유가 강하다는 평가를 받고 있지만 범위를 압축한다면 우승 확률 면에서 다른 자들보다 떨어지고 있었기 때문이다.

전문가들이 그동안의 전투 능력을 평가한 결과, 한정유의 순위는 9위에 랭크되어 있었다.

하지만, 대한민국 기자들은 외신 기자들과 완전히 다른 반응을 보였다.

그들은 한정유의 자신감에 한껏 고무되어 흥분을 감추지 못했다.

"대단한 자신감이군요. 정말 그 정도로 자신 있는 건가요?"

"그렇습니다."

"그렇다면 이번에도 히어로전 때처럼 전부 1라운드에 끝내실 생각입니까?"

"가급적 그렇게 할 생각입니다."

터져 나오는 박수 소리와 함성.

전부 내신 기자들에게서 울려 퍼진 것이었다.

이미 히어로전 때 그의 거침없는 진격을 봤기에 기자들은 월드 챔피언십에서도 그렇게 하겠다는 한정유의 말에서 희망찬 미래를 보았던 것이다.

상상만 해도 즐겁다.

그동안 예선에서 모두 탈락했던 과거를 뒤로하고 대한민국의 대표가 폭풍처럼 진군해서 우승까지 해버린다면 죽을 때까지 잊을 수 없는 전설이 될 게 틀림없었다.

외신 기자들의 비웃음이 더욱 진해졌다.

아무리 출정식이었고 한정유가 대한민국의 대표라지만 기자라는 자들이 선수의 선동에 말려들어 함성을 지르며 흥분한다는 건 있을 수 없는 일이었기 때문이다.

한정유는 물론이고 대한민국의 기자들은 월드 챔피언십을 마치 히어로전의 연결판 정도로 착각하는 것 같았다.

대한민국에서 치르는 히어로전은 우습게도 체면과 불평등이 혼재되어 진정한 강자들이 참여하지 않지만 다른 국가는 다르다.

미국은 물론이고 일본과 중국 등, 헌터 강대국들은 국가에서 가장 강한 자들이 모두 출전하기 때문에 근본적으로 수준이 달랐다.

대한민국이 그동안 월드 챔피언십에 출전해서 예선조차 통과하지 못한 것도 그런 이유가 있기 때문이었다.

그런데도 이런 자신감이라니, 어이가 없기도 하고 불쌍하기도 했다.

동경 일보의 사이또가 나선 것은 대한민국 기자들의 함성이 잦아들었을 때였다.

그는 내신 기자들의 반응에 대놓고 못마땅한 표정을 지었던 자들 중 하나였다.

"아무리 출정식이라 해도 이런 자신감은 난감하군요. 월드 챔피언십에 출전하는 선수들은 전부 세계 최고의 헌터들입니다. 조금 겸손했으면 좋겠습니다."

"누가 세계 최고의 헌터요?"

"미국의 톰 하디, 중국의 왕첸, 러시아의 블라드미르, 그리고 일본의 엔도. 한국의 헌터들과는 근본적으로 다른 수준의 각성자들입니다. 특히 엔도는 정말 대단한 초인입니다. 우리 일본은 물론이고 세계의 전문가들이 그를 우승 1순위로 꼽고 있을 정도니까요."

"당신 이름은?"

"동경 일보의 사이또입니다."

"사이또 씨, 나는 허언을 하는 사람이 아닙니다. 엔도가 누군지 모르나 나중에 보면 알 거요. 당신이 나를 의심하니까 시간을 정해드리지. 1라운드 30초. 그 시간에 정확하게 쓰러뜨리겠소. 그러니 발 닦고 잠이나 자면서 그때까지 편안하게 기다리시오."

*　　　*　　　*

한정유의 출정식과 인터뷰가 벌어지는 순간, 텔레비전의 동시 시청률은 무려 58%를 기록했다.

공영 5개사 동시에 중계를 했는데 학생들은 물론이고 자영업자, 회사원들까지 일손을 놓고 텔레비전을 시청했다.

대일산업의 기획팀 직원들도 마찬가지였다.

그들은 사무실에 비치되어 있는 텔레비전에 모여 한정유의 출정식과 인터뷰 장면을 보면서 연신 탄성을 흘려냈다.

"역시 끝내주네. 우리의 호프, 한정유다워."

"그래도 너무 과한 거 아닐까. 만약 우승을 못하면 무슨 쪽팔림이야."

"재수 없는 소리 하지 마. 난 한정유가 무조건 우승할 거라고 본다."

"바람이지. 너도 그렇고 나도 그렇고, 한정유가 이겨주기를 간절히 바라고 있어. 하지만 이번에 출전하는 선수들이 너무 막강하잖아. 누가 그러는데 한정유를 우승 후보에 넣은 이유가 히어로전 때 전부 1회전 KO승을 거둔 것 때문이래. 그런 경우는 드물었으니까."

"씨발, 그게 그 말이지. 세계에 어떤 놈이 그런 일을 할 수 있겠어. 아무도 없잖아. 그러니까 한정유가 우승 후보에 포함되는 건 당연한 거야."

정동호의 말에 유인국이 거품을 물었다.

그는 한정유의 광팬으로 이번 월드챔피언십에 대단한 기대를 걸고 있는 중이었다.

그랬기 때문인지 정도호의 걱정을 그대로 받아들이지 못했다.

"유 과장, 우리나라 히어로전은 외국에서 취급도 안 해줘. 스페셜 마스터들이 전부 빠진 대회이기 때문에 수준이 낮다는 거지. 그럼에도 한정유가 우승 후보에 포함된 것만 해도 대단한 일이야. 나도 우승하기를 바라지만 쉽지는 않을 거다."

"쟤가 그렇게 한다잖아. 자신 있다고 말하는 거 안 들려?"

"그냥 해본 소리겠지."

"네버, 한정유는 빈말을 하는 사람이 아니야. 길드 통제국을 이끌면서 그동안 해왔던 거 못 봤냐. 길드 전체가 한정유한테 쩔쩔맨다는 소리도 있어. 그만큼 강한 게 한정유라고!"

"야, 열받지 마라. 혈압 올라갈라."

흥분하는 유인국을 정동호가 달랬다.

둘의 대화를 직원들이 초롱초롱한 눈으로 보고 있었는데 그들 역시 한정유의 인터뷰에서 여러 가지 생각이 들었던 모양이다.

그때 일본 기자의 질문을 본 유인국이 소리를 버럭 지르며 분노를 나타냈다.

"아니, 저런 씨발 놈이 다 있어. 지금 출정식에 와서 무슨 개소리를 늘어놓는 거야. 여기가 엔도의 출전식으로 아는 거야, 뭐야!"

"저 새끼 미친 거 아냐?"

유인국이 먼저 화를 냈고, 그 뒤를 직원들이 따랐다.

얄미운 얼굴을 한 채 엔도가 세계 최고라는 말을 거침없이 떠드는 사이또의 모습에 직원들은 분노를 감추지 못했다.

엔도가 강하다는 건 인터넷에 떠도는 기사와 일본 히어로전 동영상을 통해 충분히 알고 있었지만 그래도 이건 아니다.

남의 나라 출정식에 와서 선수의 자신감을 깎아내리는 행동은 절대 참을 수 없는 것이었다.

"잘한다, 한정유. 그래, 바로 그거야. 엔도고 좆이고 1라운드에 발라 버려. 내가 그렇게만 해주면 너 해달라는 거 다 해준다."

"속이 다 시원하네. 역시 우리의 한정유, 거침이 없어."

"아이고, 소름 끼쳐. 한정유, 쟤는 사람을 흥분시키는 스타 기질이 있다니까. 그래서 내가 쟤라면 껌벅 죽는 거야."

엔도의 질문에 한정유가 대답하자 직원들이 함성을 지르면서 마구 떠들어댔다.

그들은 엔도와 붙을 경우 1라운드 30초 만에 박살 내겠다는 한정유의 대답에 온몸을 문지르며 흥분을 참지 못했다.

한정유가 보여주는 자신감.

텔레비전을 보고 있는 대한민국 국민들이라면 모두가 소름 돋을 만큼 거침없는 대답이었다.

우승 후보 1순위 엔도.

그런 자를 1라운드 30초 만에 꺾겠다는 한정유의 대답은 이제 곧 외신을 통해 세계 전체로 퍼져 나갈 것이다.

한정유의 인터뷰가 외신을 통해 나간 날, 반응은 뜨겁다 못해 터지기 일보직전이었다.

완전히 상반된 반응.

대한민국의 언론과 국민들은 한정유의 인터뷰를 대서특필하면서 우승에 대한 기대로 한껏 부풀어 올랐다.

반면에 외신들은 논평을 통해 무례하고 자만에 찬 행동이라며 언급할 가치조차 없다는 기사들을 쏟아냈다.

특히, 일본의 반응은 극도로 신랄했다.

어쩌면 당연한 일인지도 모른다. 일본의 영웅 엔도를 1라운드

30초 만에 쓰러뜨리겠다는 도발으로 인해 일본 국민들의 한정유에 대한 감정은 극혐으로 치닫고 있는 중이었다.

"하아, 이 새끼들 하는 짓 봐라. 네가 2급 헌터 정도 수준밖에 안 된다고 갈겨놨어."

"어쩐지 사진이 이상하다고 했다. 잘생긴 얼굴을 엉망으로 만들어놨잖아."

한정유가 일본 언론에 게재된 사진을 보면서 피식 웃었다.

사진이란 어떤 각도에서 찍느냐에 따라 얼굴이 천양지차로 나오는데 일본 언론은 사각에서, 그것도 눈을 반쯤 감고 있는 장면을 올려놓았다.

더불어, 김도철의 말대로 실력을 평가절하하며 한정유의 예선 탈락이 거의 확실시 된다는 내용으로 신문의 탑을 장식해 놨다.

"일본 애들이 꽤 세다며?"

"응, 저번 대회 우승국이 일본이야. 그래서 이번 대회가 일본에서 열리는 거고. 일본의 헌터 숫자는 우리나라의 3배다. 그러니 센 놈들이 많을 수밖에."

"호량아, 넌 어떻게 생각해?"

"뭘?"

"내가 말한 게 너도 웃겨?"

"그럴 리가. 천하의 마제가 한 말을 누가 비웃을 수 있을까. 일본에서 제일 강한 놈도 너한테는 안 돼. 아니, 세계에서 제일 강한 놈이 와도 마찬가지야. 네가 무공을 전부 찾은 이상 널 이길 놈은 지구상에서 아무도 없다."

"역시 호랑이가 날 알아주는군."

한정유가 피식 웃자 문호량이 따라 웃었다.

그런 둘을 보고 김도철이 입맛을 다시며 황당한 표정을 지었다.

"잘들 한다. 아무리 봐도 너희들은 천생연분이야."

"그렇게 잘 어울려?"

"하는 짓이 똑같잖아. 난 가끔 가다 너희들을 볼 때면 쌍둥이가 아닐까란 생각이 들곤 해."

"크크크……."

"저 봐, 어쩜 웃는 것도 똑같냐."

김도철의 핀잔에 한정유와 문호량이 웃음을 멈추지 못했다.

유쾌하다.

농담을 농담으로 받아주는 문호량도, 옆에서 지켜보며 사심 없이 갈구는 김도철의 마음도 전부 유쾌할뿐이다.

"그나저나, 이틀 후면 출국인데 가은 씨는 어쩔 거야?"

"같이 간다고 가방 싸더라."

"잠은?"

"얼굴 표정이 이상하네. 음흉한 놈."

"설마 시합에 출전하는 놈이 같은 방에서 자겠다고 설쳐대는 건 아니겠지?"

"그걸 네가 왜 걱정해?"

"부러워서."

*   *   *

인천국제공항은 사람들의 인파로 인사인해를 이루었다.

로비는 사람들로 가득 차 있었는데 마치 시루에 담긴 콩나물을 보는 것 같았다.

중간 중간에 보이는 기자들의 행렬, 꽃다발을 든 여고생들과 피켓을 든 팬클럽 회원들까지 각양각색의 사람들이 누군가를 기다리고 있었다.

"왔다, 한정유가 도착했다!"

문 쪽에 서 있던 인파의 대열에서 고함이 터지자 모든 사람들의 시선이 출입구로 향했다.

시선이 간 곳에는 10여 대의 검정색 세단이 서서히 다가와 서더니 사람들이 그토록 기다리고 있던 한정유의 모습이 나타났다.

사람들은 한정유가 모습을 드러내자 공항임에도 불구하고 전부 함성을 지르며 열렬하게 그를 맞아들였는데 그 분위기가 용광로를 보는 것 같았다.

당당한 걸음으로 공항 출입문을 통해 로비로 들어섰다.

비천대의 요원들이 경호를 서면서 사람들을 통제했기 때문에 수많은 사람들이 모여 있음에도 걸음을 옮기기엔 문제가 없었다.

로비의 중앙까지 걸어간 후 통제국에서 미리 마련해 둔 연단에 올라 사람들을 향해 손을 흔들어주었다.

그 행동에 또다시 거대한 함성이 울려 퍼졌다.

안다, 당신들의 마음.

그동안 약소국에서 살아왔던 설움을 나를 통해 풀고 싶은 거겠지.

기다려.

내가, 당신들의 갈증과 그동안의 설움을 확실하게 풀어줄게.

동경에 도착하자 그곳도 마찬가지로 수많은 기자들이 대기한 채 한정유를 기다리고 있었다.

하지만, 분위기가 다르다.

외신 기자들과 국내 기자들도 있지만 일본 기자들이 대부분이었는데 한정유를 맞이하는 그들의 표정은 싸늘하기 짝이 없었다.

"한정유 선수, 정말 엔도 선수를 1라운드에 이길 거라고 자신합니까?"

"그렇습니다."

"어떻게 당신의 실력으로 그런 소리를 하는지 모르겠군요. 혹시 엔도가 누군지나 알고 하는 소립니까?"

"모릅니다. 알 필요도 없고요."

"무례를 넘어 망발에 가까운 발언입니다. 한국의 헌터 수준은 일본에 비해 형편없다는 건 전 세계가 알고 있는 사실입니다. 도대체 그런 자신감은 어디서 나오는 거죠?"

"나는 그런 능력이 있기 때문입니다."

수많은 질문들이 쏟아졌다.

단순한 취재가 아니라 한정유의 자신감에 대한 비난과 질책에 가까운 질문들이었다.

거침없이 대답했다.

사실을 믿지 않는다는 건 너희들의 자유야.

하지만 곧 결과를 보면 알게 돼.

나는 내가 말한 대로 너희들에게 처참하게 쓰러진 엔도의 모습을 보여줄 테니까.

*　　　　*　　　　*

신풍 길드의 스페셜 마스터이자 이번 월드 챔피언십에서 일본 대표로 출전하는 엔도는 지인들과 텔레비저을 보다가 들고 있던 찻잔을 집어 던졌다.

보면 볼수록 화가 머리끝까지 치밀어 올랐기 때문이다.

일본 히어로전에서 그는 7번의 시합을 모두 일방적으로 승리한 후 우승컵을 거머쥔 강자 중의 강자였다.

그런 자신을 조선에서 온 떨거지 놈이 마치 하루살이처럼 조롱하고 있었다.

"미친 새끼, 반드시 죽여 버리겠다."

"엔도, 참아. 저놈은 노이즈 마케팅을 하고 있는 거야. 그래야 자신의 존재를 나타낼 수 있으니까. 네가 가장 강하다고 알려져 있다 보니 저놈이 너를 타깃으로 삼은 모양이다. 그저 한 마리 벌레가 꿈틀거리는 거라고 치부하면 돼."

"아니, 난 그렇게 못 하겠어."

"어쩌려고 그래?"

"저 새끼가 예선을 통과해서 정말 올라온다면 양팔과 양다리를 잘라놓을 테다."

"그러지 마. 잘못하면 실격을 당할 수도 있어."

"그건 협회에서 알아서 하겠지. 안 그래?"

번들거리는 눈으로 엔도가 자신의 친구이자 길드협회의 총괄 본부장인 미우라를 쳐다봤다.

당연하지 않느냐는 시선.

하긴, 충분히 가능하다.

죽이지만 않는다면 우발적 사고 정도로 충분히 처리할 자신이 있었다.

그럼에도 그의 생각은 여전히 반대다.

엔도는 화려한 스포트라이트를 받으며 우승해서 일본의 명예를 빛내줘야 할 임무가 있었다.

혹시라도 그런 마음을 가졌다가 잘못해서 죽이기라도 한다면 지금까지 정성껏 준비했던 일들이 공염불로 돌아갈 공산이 컸다.

"엔도, 저 벌레는 내가 잡아줄게. 그러니까 넌 시합에만 집중해. 저런 새끼의 도발에 넘어가서 큰일을 망치면 안 된다."

"네가 어떻게?"

"시합이 모두 끝난 후 저놈이 떠나기 전. 네가 원하는 대로 팔, 다리를 잘라주마."

"크크크……. 내가 원하는 그림은 아니야."

"어차피 저 새끼는 예선 통과도 어려워서 너랑 붙기 힘들 거다. 하지만, 그대로 돌아가게 만들 수는 없지. 엔도 너를 모욕한 건 우리 일본 헌터 전체를 모욕한 거나 다름없어."

미우라의 시선이 강하게 반짝거렸다.

엔도의 분노 못지않게 그의 분노도 머리끝까지 치밀어 오른 것처럼 보였다.

가소로운 한국의 벌레들.

감히 대일본의 헌터들을 향해 함부로 지껄이다니 죽어도 싸다.

아무런 걱정이 없다.

설혹 저놈이 죽어도 한국 정부에서는 아무런 항의조차 못할 것이다.

현재의 국제 관계는 누가 더 강한 헌터들을 보유했느냐에 따라 국가 간의 서열이 정리되고 있으니, 한정유가 잘못된다 하더라도 한국은 탑3에 포진하고 있는 일본을 향해 주둥이나 나불거리다가 꼬랑지를 감추며 뒤로 물러날 게 틀림없었다.

＊　　　　＊　　　　＊

  한정유는 일본에 도착한 후 김가은과 함께 관광에 나섰다.
  선수 등록 등 실무적인 일은 문호량이 처리했고, 대진 추첨은 3일 후에 있기 때문에 이틀 동안은 아무런 스케줄이 없었다.
  서울에서는 두 사람이 거리에 나서면 걸어가기 힘들 정도로 인파들이 몰려들었지만 동경은 달랐다.
  기요스미 정원을 구경하고 일본에서 가장 높다는 스카이트리도 올라갔다.
  시합에 출전하기 위해 왔지만 김가은과 해외여행을 하는 건 이번이 처음이라 두 사람의 마음은 한껏 들떴다.
  사랑하는 사람과의 데이트는 언제나 설렘과 즐거움이 함께하는 법이니까.

  주요 관광지를 돌아보고 니혼바시로 이동해서 맛집으로 유명한 츠지항을 찾았다.
  얼마나 사람들이 많은지, 30분이나 기다린 후에 겨우 자리를 잡을 수 있었다.
  한국에서처럼 인파가 몰리지는 않았지만 기다리는 동안 수많은 눈길이 두 사람에게 향했다.

한정유를 알아보는 사람들도 간혹 있었지만 김가은의 월등한 외모가 이목을 끌어 모으고 있었다.

츠지항은 고급 음식점이 아닌, 메뉴도 해산물 덮밥이 전부인 서민 식당이었기 때문에 손님들은 전부 홀에서 식사를 해야 하는 곳이었다.

"조금 복잡하네. 맛있는 거 먹자더니 겨우 이곳에 왔어요? 더 좋은 곳에 가자니까."

"여기가 유명한 식당이에요. 데이트는 이런 곳에서 해야 제맛이라구요."

"일본도 한국하고 비슷한 분위기네. 사람들 생긴 것도 전부 비슷하고."

"하지만 생각은 달라요."

"어떻게?"

"일본 사람들은 선민사상을 가지고 있어서 한국 사람들을 옛날부터 우습게 봤어요. 실제적으로 오래전에 지배한 적도 있거든요."

"그래서 내 말에 미친놈들처럼 반응한 거군요?"

"그렇죠. 하여간 좀 별난 나라에요. 그래서 한국 사람들도 일본 사람들을 싫어해요. 항상 우리를 깔보니까."

"웃긴 놈들이네. 밥 나왔다. 배고파서 그런가 맛있게 보이네요."

한정유가 식탁에 음식이 차려지자 반색을 했다.

그 모습을 보며 김가은이 배시시 웃었다.

소탈하다고나 할까, 아니면 격식에 전혀 구애받지 않는다고 할까.

대한민국 길드를 통제하는 수장이며 월드 챔피언십에 출전하는 대한민국의 영웅이 해산물 덮밥에 반색하는 모습이 김가은의 눈에는 더없이 사랑스럽게 보였다.

그녀의 표정이 점점 일그러진 건 옆 테이블에 있던 3명의 남자가 이쪽에까지 들릴 정도로 떠들기 시작한 후부터였다.

남자들은 회사원으로 보였는데 힐끗거리며 대화를 주고받고 있었다.

참는 게 눈으로 보일 정도다.

밥을 먹는 그녀의 손길이 부르르 떨릴 정도로 애써 참고 있는 게 보였다.

한정유는 그녀의 표정이 눈에 띄게 바뀌는 것을 보며 의문이 들었으나 가만히 그녀의 반응을 살폈다.

눈치는 백단이다.

말을 알아듣지 못했기에 남자들의 대화 내용을 알 수 없었으나 일본어를 할 줄 아는 김가은의 표정이 이토록 변한 것은 남자들이 주고받은 대화 내용 때문임이 분명했다.

자신을 알아본다.

그 말은, 자신에 대한 악감정이 일본인들의 입에서 여과 없이 튀어나오고 있다는 뜻일 것이다.

그럼에도 한정유는 그녀의 반응을 살피며 열심히 밥을 먹었다.

언론 기자라는 놈들도 비난을 서슴지 않았는데 일반인들은 오죽할까.

그냥 밥을 먹고 나가면 된다.

그들에게 자신의 말이 허언이 아니라는 건 경기장에서 똑똑히 보여줄 생각이었으니 헛된 곳에 신경 쓸 이유가 없었다.

하지만, 김가은의 생각은 달랐던 모양이다.

기어코 김가은이 자리에서 벌떡 일어나더니 남자들을 향해 다가갔다.

그런 후 들고 있던 젓가락으로 가차 없이 식탁을 내려찍었다.

빠악!

그녀가 내려친 나무젓가락이 그대로 식탁을 관통해서 박히는 순간 남자들의 표정이 사색으로 변하는 게 보였다.

"당신들, 이제부터 입 닥치고 밥이나 먹어. 안 그러면 전부 주둥이가 박살 날 거야. 알아들었어!"

한정유가 그녀의 행동을 보면서 웃었다.

그녀의 말 역시 일본어였기 때문에 알아듣지 못했지만 그녀의 행동과 표정, 그리고 사내들의 반응만 봐도 어떤 일이 벌어졌는지 충분히 짐작이 갔다.

시간은 빠르게 흘렀다.

일본으로 들어와 대진표를 추첨하고 각종 공식 행사에 쫓아다니다 보니 시간이 어떻게 갔는지 알 수 없을 정도였다.

드디어 내일 월드 챔피언십의 개막전이 열린다.

우승까지의 여정은 또다시 보름이나 남아 있으나 한정유는 번쩍이는 동경 시내를 바라보며 다른 생각에 잠겼다.

통제국에서 던전의 색깔이 푸른색에서 초록색으로 변화하고 있다는 보고를 해왔기 때문이다.

*   *   *

월드 챔피언십 개막일.

전 세계의 눈이 한곳으로 쏠렸다.

바로 도쿄에 위치하고 있는 도쿄돔이 바로 그곳이었다.

인간의 적응력은 생각할수록 어이없기도 하고 상상을 초월할 정도로 터무니없다.

괴물들이 처음 던전을 통해 세상에 나왔을 때.

사람들은 공포에 젖었고 금방 세상이 망할지도 모른다는 절망감에 사로잡혔다.

괴물들에 의해 신체가 찢어져 죽는 건 다반사였고, 어떤 사람들은 산 채로 잡혀 먹는 일도 비일비재했다.

그러나 초인들이 등장한 후 괴물들을 막기 시작하면서 사람들의 공포와 절망은 서서히 회복되더니 20여 년이 지난 지금은 언제 그랬냐는 듯 정상으로 돌아왔다.

분명, 지금 이 순간에도 던전이 열리며 괴물들이 쏟아져 나온다는 걸 알면서도.

이런 것이 적응력이다.

주변에 어떤 위험이 존재한다는 걸 알면서도 자신의 바로 눈앞으로 다가오지 않는 한 사람들은 미래를 바라보며 오늘을 충실하게 살아간다.

월드 챔피언십의 룰은 히어로전과 똑같았다.

세계 각국에서 출전한 선수의 숫자는 123명.

이들이 토너먼트를 거쳐 최종 우승자를 가리는 형식이다.

한 번 시합을 하면 3일의 휴식이 주어지고 하루에 20게임씩 벌어지는데, 숫자가 홀수이다 보니 부전승이 한 명 생겼다.

개막전은 화려하기 짝이 없었다.

일본은 주최국으로서 압도적인 식전 행사를 기획했는데 그 규모가 상상을 초월할 정도였다.

땅과 하늘, 그리고 모든 공간이 스페이스 비전으로 가득 찼고, 거의 천여 명이 동원된 춤과 공연이 이어졌다.

전 대회 우승국으로서의 명예와 자부심이 가득 담긴 식전 행

사는 세계인들의 이목을 집중시키기에 충분하고도 남을 만큼
화려했다.

　일본 천왕과 주요 인사들의 축하 연설이 차례대로 이어졌고
세계헌터협회장의 시합 개시 선언이 이어지자 뜨거웠던 관중들
의 분위기가 최고조에 달했다.
　바로 일본의 영웅 엔도가 개막전에 출전하기 때문이었다.
　끝없이 이어지는 연호.

　"엔도, 엔도, 엔도!"

　관중석의 대부분이 일본인들이었으니 도쿄돔이 관중들의 함
성으로 터져 나갈 것 같았다.
　압도적인 응원.
　작금의 헌터 월드 챔피언십은 과거 월드컵의 열기 정도는 비
교조차 할 수 없을 정도로 뜨겁다.
　더군다나 자국에서 벌어지는 시합이었으니 일본인들이 광적
으로 반응하는 것은 당연한 일이었다.

　"쟤가 엔도구만."

　금색 프로텍터 '제우스'를 입은 채 동쪽 게이트를 통해 당당하
게 걸어 나오는 엔도를 바라보며 한정유가 입술 끝을 끌어 올렸
다.

엔도는 미칠 듯 자신의 이름을 연호하고 있는 관중들을 향해 여유 있는 모습으로 손을 흔들며 걸어 나왔는데 발걸음이 마치 허공에 떠서 움직이는 것 같았다.

"한눈에 봐도 좋군. 부운을 쉽게 펼치는 걸 보니 현경에 오른 놈이야."

"기도의 완벽한 갈무리. 손을 흔들고 있는데도 모든 방위가 차단되어 있어. 내 수준에서는 부담되는 놈이다."

문호량에 이어 김도철이 중얼거렸다.

그만큼 걸어 나오는 엔도의 모습에서 초강자의 힘을 느꼈기 때문이다.

반대편 서쪽 게이트를 통해 체코에서 온 미라엘카의 모습이 드러났음에도 관중들의 함성과 연호는 끊이지 않았다.

그들은 상대가 누구든 엔도의 승리를 의심치 않는 것 같았다.

찢어질 것 같은 장내 아나운서의 목소리.

일본 특유의 악센트가 담긴 여자 아나운서의 목소리에 관중들의 함성이 잦아들었다.

하지만 그 정적은 본격적으로 솟구쳐 오르기 위해 에너지를 축적하고 있는 활화산의 침묵에 불과했다.

두 선수를 소개하는 여자 아나운서의 목소리는 비장 그 자체였고 엔도에 대한 승리의 기원이기도 했다.

"신풍을 타고 창공을 넘어 세계를 정복하는 일본의 자랑. 뜨거운 태양에 맞서는 불멸의 전사. 엔도를 소개합니다!"

완전히 미쳤다.

아나운서의 소개에 잠시 침묵에 젖었던 일본 관중들이 전부 자리에서 일어나 광란의 현장을 펼쳐냈다.

드디어 펼쳐진 시합.

엔도와 미라엘카가 펼친 개막전.

한 편의 드라마다.

엔도가 세계인을 향해 선물한.

누가 봐도 월등한 차이가 난다는 것을 충분히 알 수 있을 만큼 큰 기량 차이에도 엔도는 미라엘카의 공격을 그대로 받아주며 시간을 보냈다.

마법 계열의 미라엘카는 썬더 공격을 퍼부었지만 엔도에게 어떤 충격도 주지 못했다.

약해서가 아니다.

그가 펼친 썬더 캐논과 썬더 크로스는 전투장 전체의 범위를 아우르며 우박처럼 쏟아져 나왔는데 초강화 PC로 만들어진 바닥 면이 푹푹 파일 정도였다.

엔도의 장검에서 무려 칠 척의 검기가 거짓말처럼 빠져나와 미라엘카의 신형을 튕겨낸 것은 1라운드가 거의 끝나갈 무렵이었다.

눈 깜짝할 사이에 벌어진 일이었다.

전투장의 끝까지 튕겨 나간 마라엘카는 뻣뻣하게 서 있다가 천천히 무릎을 꿇었는데 입에서 피가 뭉텅거리며 흘러나오고 있었다.

발작적으로 뛰어오르는 관중들, 그리고 이어지는 연호.

"잔인한 놈."

"시켰겠지."

"누가?"

"일본 길드협회에서 부탁하지 않았겠어? 흥행을 생각해서."

"그래서 비겁한 거다. 전투는 누군가의 각본에 의해 움직이면 안 돼. 그건 전사를 모욕하는 짓이야."

"그렇긴 하지."

"가자."

"어딜?"

"호텔에. 여기 있으면 뭐 해. 난 가서 쉴란다."

"이 좋은 구경거리를 두고 가자는 게 말이 돼. 정유야, 너 미쳤어?"

"그럼 구경하고 오든가."

김도철이 눈을 동그랗게 뜨고 반문을 하자 한정유가 시큰둥한 표정으로 대답했다.

그의 시합은 이틀 뒤에 잡혀 있었다.

하지만, 다가오는 시합을 준비하기 위해 호텔로 돌아가려는 게 아니다.

초록색으로 변한 던전이 오늘 아침에 또 열렸다는 보고를 받았다.

상황이 변한 이상 길드 통제국의 수장으로서 현재 벌어지고 있는 상황을 계속 주시할 필요가 있었다.

*　　　　*　　　　*

드디어 결전의 순간이 다가오자 대한민국 전체가 긴장감에 사로잡혔다.

단 한 번도 16강에 오른 적이 없었기 때문에 대한민국 국민들이 한정유에게 거는 기대는 그 어느 때보다 컸다.

거리가 비었다.

월드 챔피언십이 개막하면서 모든 관심이 전부 일본으로 쏠렸지만 오늘은 특히 거리에서 사람을 찾아보기 어려웠다.

바로 오늘 한정유의 시합이 벌어지기 때문이었다.

"정말 히어로전 때처럼 1라운드에 끝낼 수 있을까?"

"그럼, 당연하지. 한정유가 약속했잖아. 난 한정유를 믿어."

"오늘 붙는 놈이 만만치 않다더라. 포털에 나왔는데 걔가 멕시코에서 가장 강한 놈이래."

알고 있는 사실을 다시 꺼내는 천호진을 김성일이 노려봤다.

군이 꺼내지 않아도 아는 사실을 다시 꺼내 분위기를 잡치게 만드는 천호진의 행동은 반역이나 다름없는 짓이었다.

하지만 김성일은 잠시 째려보다 눈을 돌렸다.

오죽하면 그랬을까 하는 마음 때문이다.

천호진은 얼마나 긴장했는지 20분마다 오줌을 싸러 화장실을 다녀오고 있었다.

그랬기에 그의 음성이 차분하게 가라앉았다.

"호진아, 걱정 마. 우리 한정유는 천하무적이다. 아무도 못 말릴 거야."

"일본 놈이나 미국 놈처럼 화끈하게 이겨주면 좋을 텐데…….
그 새끼들 좋아죽는 꼴을 보니까 너무 부럽더라."

"걱정하지 말라고 그랬잖아. 한정유는 그놈들보다 훨씬 압도적으로 이길 거야."

"그나저나, 시간 다 됐는데 왜 안 나와. 답답해 죽겠네."

이전 시합이 끝난 지 5분이 지났을 뿐인데 천호진이 안달을 부렸다.

그건 간절하게 전광판을 바라보고 있는 70만 명의 응원단도 마찬가지였다.

텔레비전 중계가 시작된 지 벌써 2시간째.

오늘 첫 경기가 벌어지기 전부터 몰려든 인파는 벌써 70만을 훌쩍 넘고 있는 중이었다.

전국적으로 500만 명이 거리로 나와 합동 응원을 한다니 대한민국 국민들의 관심이 어떤지 충분히 알 만했다.

그때 중계를 하던 아나운서의 목소리가 급격하게 커졌다.

"국민 여러분, 드디어 한정유 선수가 출전하고 있습니다. 한정유 선수, 당당한 모습으로 동쪽 게이트를 통해 천천히 걸어 나오고 있습니다. 자신에 찬 모습. 보십시오. 얼마나 당당한 모습입니까. 우리가 자랑으로 여기고 있는 한정유 선수는 오늘 반드시 국민들께 승리를 안겨줄 것입니다."

응원으로 따진다면 일본은 사실 대한민국 국민들한테 상대가 안 된다.

냄비 근성이니 어쩌니 떠드는 것은 일본인들이 대한민국 국민들을 비하하기 위해 만든 개소리일 뿐, 언제부턴가 대한민국 국민들은 스스로를 다이나믹 코리아로 불렀다.

맞는 말이다.

대한민국 국민들은 뜨겁게 달아오르는 특성을 지녔다.

무언가에 집중하면 하나가 되는 기운이 세계 어느 나라보다 강한 민족이 대한민국 국민들의 특성이다.

한정유가 모습을 드러내는 순간, 광화문에 몰린 응원단이 전부 자리를 박차 오르며 함성을 내질렀다.

장관이다.

70만의 관중들이 전부 일어나 연호하는 모습은 그 어떤 스펙터클한 영화 장면보다 압도적이었다.

대형 전광판에 나타난 한정유의 모습.

붉은색 '제우스'를 입은 한정유 얼굴에는 한 톨의 긴장감도 담겨 있지 않았는데 야유를 보내는 일본 관중들을 아예 쳐다보지도 않은 채 전투장으로 들어서고 있었다.

"한정유, 한정유, 한정유!"

응원단이 내지르는 함성으로 인해 광화문 전체가 떠나갈 것처럼 진동했다.

아니다, 광화문에 있는 사람들만 그런 게 아니라 주변 빌딩과 명동 쪽에 있는 사람들도 함께 소리 지르고 있으니 그 숫자가 얼마나 되는지 알 수 없었다.

당연히 들리지 않을 것이다.

그럼에도 사람들은 함성을 멈추지 않으며 한정유의 승리를 간절히 기도했다.

"아우, 떨려. 나 오줌 마려워."

"이 자식아. 지금 가면 시합 못 봐. 그러니까 참아."

"성일아, 나 왜 자꾸 몸이 떨리지?"

"너무 긴장해서 그래. 우리 차분하게 보자. 그러다 심장마비 올라."

"그러고 싶은데 그게 잘 안 돼."

사람은 초긴장 상태에 빠지면 입이 바짝바짝 마른다.

천호진의 상태가 바로 그랬다.

하지만, 그만 그랬을까.

옆에서 위로하던 김성일도 주변의 사람들도 마찬가지였다.

두 손을 마주 잡은 손.

대형 전광판을 올려다보고 있던 사람들의 간절한 시선에서 그들의 염원을 읽을 수 있었다.

드디어 시작이다.

양 선수의 소개가 이어지고 아나운서의 시합 개시 선언이 들리는 순간, 한정유가 전투장의 한가운데로 걸어 나가는 게 보였다.

"어, 어… 어… 어… 아악!"

광화문을 가득 채웠던 사람들의 비명과 이어진 침묵.

그리고, 곧이어 터져 나온 작은 함성.

작았던 함성이 점점 커지며 거대한 환호로 변한 건 그리 길지 않았다.

시합이 시작되자마자 전투장의 중심으로 걸어 나간 한정유가 상대를 향해 날아오르며 터뜨린 일격.

전투장을 번쩍 빛내면 떨어진 하나의 번개.

그토록 강하다던 멕시코의 산토스가 단 일격에 전투장 한쪽으로 나가떨어져 일어서지 못한 장면은 응원단들의 정신을 흔들어놓을 정도로 충격적이었다.

완벽한 승리.

그것도 약속을 지키겠다는 듯 단 10초 만에 끝낸 시합.

어찌 놀랍지 않을까, 어찌 기쁘지 않을까.

함성이 끊임없이 이어지며 흥분의 도가니에 빠져 버린 사람들이 서로를 끌어안고 미친 것처럼 펄쩍펄쩍 뛰었다.

＊　　　　＊　　　　＊

「한정유, 파죽의 승리. 드디어 16강에 안착!」

「대한민국의 전사 한정유, 또다시 1라운드 23초 만에 승리!」

「누가 막을 것인가. 한정유의 거침없는 전진. 우승을 노린다!」

사람들이 미쳤다. 그리고 언론도 미쳤다.

첫 시합에 이어 한정유가 3번의 시합을 전부 1라운드 30초 안에 모두 끝내 버리며 16강에 오르자, 대한민국이 전부 광란에 빠져 버렸다.

새벽부터 자정까지 텔레비전에서는 온통 한정유의 소식뿐이었는데 그와 관련된 사람들은 모두 취재 대상이 될 정도였다.

그러나 대한민국 역사상 처음으로 16강에 올랐다는 기쁨은 시간이 지나자 점점 싸늘하게 식기 시작하며 대신 걱정과 우려로 가득 찼다.

한정유의 다음 상대가 미국의 토머스였기 때문이다.

세계 전문가들이 뽑은 우승 후보 중 1인.

그 역시 3번의 시합을 전부 1라운드에 끝내며 16강에 올라왔는데 전문가들은 우승 가능성 랭킹에서 그를 3위에 올려놓고 있었다.

먼저 걱정을 털어버리고 악을 쓰기 시작한 것은 언론이었다.
언론은 자유를 찾아준 한정유의 고마움에 보답이라도 하려는 듯 동시에 발작적으로 격문에 가까운 제목을 뽑아내며 승리에 대한 염원을 뿜어내기 시작했다.

「한정유가 이긴다. 그는 무적이기 때문이다!」
「토머스는 강하다. 그러나 한정유는 그보다 더 강하다!」
「충분히 이길 수 있다. 믿음의 아이콘 한정유. 우리는 그를 믿는다!」

미국의 언론 역시 흥분으로 가득 차 있었다.
파죽지세로 달려온 한정유의 무력이 상상 이상으로 강한 것을 안 이후 미국 언론은 경계와 투지를 불사르며 16강을 기다렸다.
미국인들의 특성은 대한민국과 다른 기질을 가졌다.
그것은 바로 자유에 대한 자부심이다.

그 누구보다 먼저 민주주의를 꽃피웠고 초인들이 판치는 현실에서도 완벽하게 정부 주도하에 던전을 공략하고 있는 것이 그것을 증명한다.
그들의 자유에 대한 의지는 초인들이 함부로 움직일 수 없는 무언의 족쇄를 만들기에 충분할 정도로 뿌리 깊은 것이었다.

그러나, 그런 자유에 대한 자부심은 오만으로 변질되기 쉽다.

역사를 봐도 미국은 자국 제일주의에 사로잡혀 수많은 오만을 저지르는 행동을 해왔다.

그랬기에 강력한 무력을 선보이며 한정유가 16강에 올랐음에도 미국인들은 에이스인 토머스의 승리를 조금도 의심하지 않고 있었다.

"정유야, 몸 상태는 어때?"

"뭘 새삼스럽게 그런 걸 물어. 너답지 않게."

"조금 걱정돼서."

"뭐가?"

"토머스는 정말 강한 놈이야. 그러니 천천히 해. 너무 무리하지 말고."

문호량의 말을 들은 한정유가 풀썩 웃었다.

무슨 소린지 안다.

그동안 1라운드 초반에 승부를 결정지어 온 걸 두고 문호량은 여러 번 잔소리를 하곤 했다.

언론과 국민들에게 한 약속 때문에 무리하고 있는 게 아닌가란 우려 때문이었다.

어떻게 보면 맞는 말이기도 했다.

월드 챔피언십에 출전한 자들은 히어로전과 다른 레벨의 무력을 지니고 있었으니 완벽한 승리를 위해서는 신중할 필요성이 있었다.

그럼에도 한정유는 하얀 천으로 무극도를 닦으며 빤히 바라보고 있는 문호량의 시선을 외면했다.

지천에 오르지 못한 무인은 그것의 의미가 어떤 것인지 알지 못한다.

문호량 역시 그런 범주에 속했으니 이런 걱정을 하고 있는 것이다.

지천에 올랐다는 것은 무인으로서 마지막 길을 걷는다는 걸 의미했고, 현경의 고수들과 다른 차원의 존재란 뜻이다.

"이제 출발 시간 30분 남았어. 이제 와서 그런 소리 하면 뭐 하겠나. 정유가 알아서 하겠지."

"방심하지 말란 소리였어. 이제부터 나오는 놈들은 정말 강한 놈들뿐이거든."

"그건 정유도 알고 있잖아."

"그래도 내가 이렇게까지 말하면 예전엔 대충 듣는 시늉이라도 했어. 저놈 지금 하는 짓 봐. 아예 모른 척하잖아. 속 터지게."

여전히 면포로 무극도를 닦고 있는 한정유를 향해 문호량이 눈을 흘겼다.

하는 짓만 봐도 알 수 있었다.

한정유가, 여전히 그동안 쭉 해온 것처럼 초반 승부를 포기하지 않으리란 것을.

*   *   *

JBC에서 중계를 위해 파견 나온 엄민수와 정유택은 새까맣게 몰려든 관중들을 바라보며 마이크를 앞으로 가져왔다.

두 번째 시합이 끝나고 광고가 나가는 동안 마이크를 껐던 그들의 시선은 긴장으로 인해 입이 바짝 말라 있는 상태였다.

"국민 여러분, 정말 오래 기다리셨습니다. 이제 드디어 조금 있으면 대한민국의 전사, 한정유 선수의 16강전이 벌어지겠습니다. 한정유 선수와 미국의 토머스가 벌이는 경기는 세계의 이목이 집중되는 빅 이벤트로 꼽히고 있습니다. 정 위원님, 잠시 두 선수에 대해서 소개해 주시겠습니까?"

"우리 한정유 선수는 예선 3게임을 전부 1라운드에 끝내고 16강에 올라왔습니다. 히어로전까지 포함하면 무려 10게임을 전부 KO로 끝냈으니 정말 대단한 파괴력을 보여주고 있습니다. 반면 토머스 선수 역시 미국 내에서 벌어진 히어로전과 이번 경기까지 포함해서 12번의 승리 중 11번을 KO승을 거두었습니다. 기록 면에서 봤을 때 양 선수 정말 막강한 무력을 지녔다고 말씀드릴 수 있겠습니다. 전 세계인의 이목이 집중되고 있는 건 두 선수가 모두 10인의 우승 후보에 포함되어 있기 때문입니다. 어찌 보면 두 선수에겐 이렇게 일찍 만난 것이 불행이라 할 수 있을 것 같습니다."

"전문가들은 토머스 선수의 우세를 예측하고 있던데 거기에 대해서는 어떻게 생각하십니까?"

"저는 다르게 봅니다. 세계적인 전문가들은 그동안 우리나라가 16강에 오른 적이 없다는 선입감 때문에 다소 한정유 선수의 실력을 평가절하하는 경향이 있습니다. 하지만, 한정유 선수의 무력은 그들이나 저나 함부로 평가하지 못할 정도로 강합니다. 수준을 벗어난 선수들의 무력을 정확하게 측정할 수 있는 안목이 없기 때문입니다."

"그렇군요. 확실히 그런 측면이 있는 것 같습니다. 아, 말씀드리는 순간 모든 불빛이 꺼졌습니다. 선수들의 입장이 시작을 알리는 암전입니다. 국민 여러분, 드디어 한정유 선수의 16강이 시작되려는 순간입니다. 모두 같은 마음으로 한정유 선수의 승리를 기원해 주십시오. 부디 토머스 선수를 꺾고 당당하게 8강에 오르기를 간절히 바랍니다."

정유택의 해설을 들으며 맞장구를 쳐주던 엄민수가 비명을 질렀다.

이번 경기의 특징은 선수들이 출전하기 전 도쿄돔에 어둠이 깔린다는 것이었다.

긴장을 최고조로 증폭시킨 상태에서 출전하는 선수들의 모습을 보여주겠다는 주최 측의 이벤트였다.

*   *   *

한정유는 붉은 '제우스'를 입은 상태에서 아나운서의 멘트를 기다리다가 이름이 호명되는 순간 천천히 발걸음을 옮겼다.

출전 게이트를 나서자 레이저 조명이 날아왔다.

그의 걸음에 맞춰 움직이는 레이저 조명의 하얀 빛이 마치 살아서 움직이는 것 같았다.

오늘도 마찬가지로 야유가 터져 나왔다.

일본 관중들의 한정유에 대한 감정은 최악 그 자체였다.

반면 여자 아나운서의 호명으로 출전한 토머스에게는 압도적인 함성과 박수 갈채가 따랐다.

한정유는 맞은편에 출전한 토머스의 모습을 보면서 무극도를 만지작거렸다.

자신을 쏘아보는 시선이 더없이 깊고 정대했다.

우승 후보라고?

문호량조차 조심하라고 할 정도이니 대단한 실력을 가졌다는 건 안다.

그럼에도 한정유는 좌우 어깨를 천천히 치켜세우며 토머스의 시선을 마주하지 않았다.

그럴 이유가 없다.

칼은 칼로서 대화를 하고 그에 따라 결과를 만들어내는 법이다.

참 시끄럽다.

아나운서가 소개하는 소리를 들을 때마다 과하다는 생각이 들었다.

나름대로 사람들의 흥분을 끌어 올리기 위해 하는 짓이겠지만 무인에게 이런 소개는 절대 어울리지 않는다.

시합 개시를 알리는 종이 울리자 전투장의 중앙을 향해 걸어 갔다.

이전에는 요구하지 않더니 16강이 시작되자 선수 간의 인사를 반드시 해달라는 요구를 주최 측에서 해왔기 때문이다.

인사라고 해봤자 그저 손 한번 잡으면 된다.

그도, 토머스도 손을 잡으며 아무런 말을 하지 않았다.

그러나 단 한 번의 악수를 통해 서로에 대한 정보가 교환되었다.

토머스의 시선이 변하는 게 보였다.

싸움을 앞둔 상태에서는 단순한 악수 교환일지라도 내공이 발현되는데, 한정유의 손을 통해 거력의 기운을 느꼈기 때문이다.

악수를 한 후 뒤로 물러나 천천히 무극도를 빼 들고 상대방의 검이 보이길 기다렸다.

그러고는 한 발, 한 발 성큼성큼 앞으로 전진하면서 공중을 향해 도약하는 토머스의 신형을 바라보았다.

처음부터 하강이라.

알고 있었나?

하긴, 정보력이라면 누구보다 뛰어난 미국에서 자신에 대해 조사하지 않았을 리가 없다.

하지만 나는 파악한다고 파악되는 사람이 아니야.

네가 아무리 유리한 위치를 점유한다 해도 결과는 변하지 않아.

토머스의 검에서 생성된 푸른 검기가 우박처럼 쏟아지는 순간 한정유의 헌천보가 발동되기 시작했다.

선공을 허락했으나 그것이 반드시 불리함으로 이어지는 건 아니다.

후발선지의 원리.

늦게 뽑고 빨리 벤다.

무극도가 날았고 다섯 개의 투명한 검기가 토머스가 펼쳐 낸 검기의 우박을 뚫고 솟구쳐 올라갔다.

수없이 명멸하는 빛의 충돌.

그리고 터지는 폭발음과 기파의 물결.

주변의 공기가 두 선수의 충돌로 인해 진공상태로 변했다가 찢어지며 파도가 되어 십방으로 퍼져 나갔다.

콰앙, 쾅, 쾅!

절대고수 간의 선점, 하방 공격은 동등한 내공이라면 막강한 위력을 나타내지만 한 번의 충돌로 밀려난 것은 오히려 토머스였다.

토머스의 신형은 충돌의 여파를 견디지 못하고 2m나 더 높이 올라갔던 것이다.

그럼에도 토머스는 교묘하게 천근추 수법으로 신형을 내리누르며 검기의 회오리를 만들어냈다.

절대의 경지에 들어서지 못했다면 상상조차 하지 못할 정도의 수법.

공간을 격하고 떨어져 내리는 회오리의 물결에 바닥판이 쩍쩍 갈라져 나갔다.

한정유가 대부분의 검력을 해소해 그 정도였지, 그대로 직격되었다면 강화 PC로 만들어진 바닥판은 전부 박살이 날 만큼 천근 거력이 담긴 공격이었다.

순식간에 10여 초가 교환되며 무차별적인 빛의 폭발이 사방으로 퍼져 나갔다.

전투장에는 두 개의 광채가 움직이는 것처럼 보였다.

하나는 위에 떠 있고 다른 하나는 바닥에 머물었는데, 두 개의 광채는 끊임없이 부딪치며 이동했다.

한정유는 물러서지 않았다.

선공과 하방을 허락했으나 토머스의 공격을 피해 빠져나갈 생각은 처음부터 갖고 있지 않았다.

이렇게 공격을 받아준 것도 이례적인 일이다.

다른 때였다면 선공을 먼저 한 것은 자신이었을 테고 토머스는 벌써 푹푹 파여 있는 바닥에 쓰러져 있었을 것이다.

그럼에도 토머스의 공격을 받아준 것은 문호량의 잔소리가 효력을 발휘했기 때문이다.

대충 무시하려 했지만 그러기엔 놈의 걱정이 눈에 밟혔다.

현경에 든 자와 지천에 든 자의 차이는 극명하다.

그것은 바로 시공간의 흐름을 제어할 수 있는가로 구별된다.

다시 말해 지천의 경지에 오른 무인은 시간의 흐름을 완벽하게 차단하고 분할하는 능력이 있지만 현경의 고수는 그렇지 못한다는 뜻이다.

현경에 오른 자들의 싸움이 그토록 오래 끌 수밖에 없는 건 시간의 흐름을 통제하지 못하기 때문이다.

물론 지천의 경지에 오른 자가 있다면 상황은 달라진다.

그때부터는 지닌 절기와 경지의 수준으로 승패가 결정되는데 상당한 시간이 소요된다.

하지만, 토머스는 현경의 단계를 벗어나지 못한 자였다.

면에서 머물던 한정유의 신형이 공으로 치솟았다.

토머스가 이를 악문 채 십여 개의 검기 돌풍을 쏘아낼 때였다.

"그만 가라!"

번쩍, 번쩍.

검기의 돌풍을 파훼하며 공간이 잘려 나갔다.

한정유의 무극도가 부챗살처럼 퍼지며 상공에 떠 있는 토머스의 신형을 향해 도도한 대해의 물결처럼 솟구쳐 올라갔다.

돌풍은 거대한 파도에 휩쓸려 사라졌고 파도는 셀 수 없는 칼이 되어 토머스의 전신을 옭아맸다.

상공에 떠 있는 채로 토머스는 움직이지 못했다.

그의 장검은 이미 부러졌고 도기의 사슬에 걸려 있는 몸은 한마리 상처 입은 야수로 변해 있었다.

한동안 그 상태로 꼼짝 못하던 토머스의 신형이 한정유가 무극도를 내리는 순간 천천히 떨어져 내렸다.

마치 무언가에 의해 부양된 것처럼.

떨리는 시선. 경외가 담긴 토머스의 시선은 마치 귀신을 본 것처럼 놀람으로 가득 차 있었다.

바닥에 내려온 토머스는 부러진 자신의 장검을 잠시 바라봤다가 천천히 허리를 접으며 최대한의 공경을 나타냈는데, 진심이 가득 담겨 있는 모습이었다.

"사정을 봐줘서 감사합니다. 지천의 고수를 만나다니 내 삶이 그리 헛되지 않았던 것 같군요. 이 세계에 온 이후 수많은 번민

속에 살아왔으나 이젠 그런 번민을 털어버릴 수 있게 되었습니다. 남은 내 삶, 당신의 경지를 바라보며 살아가겠습니다. 언젠가 저 역시 그런 경지에 도달하게 된다면 당신을 찾아갈 테니 그땐 반갑게 맞아주시면 고맙겠습니다."

다시 한번 토머스가 허리를 깊숙이 숙였다.

그런 그를 향해 한정유도 마주 허리를 숙여 인사를 받았다.

처음부터 알았다.

토머스의 정대하고 광대한 기도에서 그가 무도에 전념해 온 무인이란 것을.

그랬기에 다치게 만들고 싶지 않았던 것이다.

토머스가 패배를 인정하고 떠났어도 관중들의 반응은 아직도 이해하지 못하겠다는 반응이 팽배했다.

이런 경우는 지금까지 한 번도 없었기 때문에 관중들은 아직까지 상황을 이해하지 못했다.

당연한 일이다.

일반인들이 절대고수 간의 대결의 결과를 어찌 이해할 수 있겠는가.

*   *   *

영웅이란 단어.

모든 국가가 영웅을 원하는 것은 국가에 대한 자부심을 느끼고 그 위인을 본받아 더 커다란 발전과 희망을 얻기 위함이다.

그래서 국민들은 간절한 마음으로 영웅의 탄생을 원한다.

하지만, 영웅의 탄생은 수많은 어려움과 난관 속에서 커다란 희생이 따르고 일반인이 하지 못하는 의지와 고통을 수반한다.

그것이 영웅이다.

얼마나 많은 역사 속의 영웅들이 후손들의 질시와 잘못된 판단으로 인해 소멸되어 갔는가.

대한민국 역사상 불멸의 영웅이란 이순신 장군조차도 원균을 음해했다며 역사학자들에 의해 평가절하를 당했고, 일제의 강압에서 벗어나기 위해 평생을 독립운동에 매진했던 김구 선생마저 테러리스트라 폄하하는 인간들도 있었다.

한정유에 대한 매도와 질시 역시 그런 자들에 의해 이루어졌다.

미국의 토머스를 꺾고 16강전에 올랐으나 꽤 많은 자들이 영웅답지 않은 시합이었다며 평가절하하는 목소리를 키웠다.

어이가 없었으나 인터넷의 포털 사이트는 물론이고 동영상 사이트에서조차 한정유의 미지근한 승리가 야합에 의한 것인지 모른다며 의심의 눈초리를 보냈다.

왜 그런 짓을 하냐고?

그것은 바로 일본 언론의 강력한 주장에서부터 비롯되었다.

일본 언론은 16강전이 끝난 후 명확한 승부가 갈리지 않은 상태에서 토머스가 경기를 포기했다며 시합에 대한 공정성에 의문을 제기했다.

더불어, 한정유의 시합 장면을 계속 방송하며 조목조목 이상한 점을 끄집어냈다.

토머스가 결정적인 공격을 하다가 멈추는 장면, 한정유가 마지막 순간 검을 내려 상처를 입히지 않는 점 등을 근거로 삼으며 승부 조작에 대한 의심을 멈추지 않았다.

가장 결정적인 건 토머스가 시합이 끝난 후 행방을 감추었다는 것이다.

한정유 측에서 말도 안 되는 의심이라며 강력히 항의했으나 일본 언론은 화를 내는 한정유의 태도를 오히려 더 크게 부각시켜 사람들의 의심을 부추겼다.

모든 사람들이 대한민국을 사랑하는 것이 아니다.

이 땅에 산다고 전부 대한민국 국민으로서의 의무를 다하는 것이 아니란 뜻이다.

그들 중에서는 일본의 이익을 위해, 또는 미국의 이익을 위해, 아니면 중국을 위해 대한민국에서 살아가는 사람들이 존재한다.

대부분의 국민들이 최초로 8강에 오른 것을 축하하며 연호했으나 사회 곳곳에서 그런 자들이 독버섯처럼 한정유가 영웅으로서 부족하다는 점을 강조하고 있었다.

"여러 번 느끼는 거지만 한국이란 나라는 정말 재미있어. 안 그래?"

"바보 같은 놈들이니까. 내가 정보실에서 밑밥을 깔아줬잖아. 언론이 거기에 동조했고. 친일파들에게 소스를 줬더니 미친 듯 돌아다니고 있어. 한국 놈들은 댓글에 약하다잖아. 많은 놈들이 댓글을 달면 그게 사실이라고 인식한다는구만."

"그게 한국 놈들의 특징이지. 소문에 살고 죽는."

"세상을 바라보는 눈이 멍청해서 그래."

"그나저나 그렇게까지 한 이유는 뭐냐?"

"재미있잖아. 이렇게 작은 조작으로 한국 사회를 분열시킬 수 있다는 게 얼마나 신기해. 그리고 가끔씩은 우리한테 돈을 받아 먹는 놈들한테 일을 시켜야 돼. 그래야 지들도 일한다는 보람을 느낄 테니까."

"그런 거 말고 진짜 이유를 말해."

엔도가 웃으며 바라보자 길드협회 총괄본부장 미우라의 얼굴에서 웃음이 진해졌다.

그 웃음에 담긴 건 엔도가 예측한 대로 다른 이유가 있다는 걸 의미했다.

"사전 작업."

"어떤?"

"던전이 녹색으로 변하면서 괴물들의 힘이 또 증가하기 시작했어. 이건 또 다른 상황으로 변화한다는 뜻이야."

"빙빙 돌리지 말고 본론만 말해. 사람을 궁금하게 만드는 건 좋은 버릇이 아니야."

"하하하, 헌터스와프. 이제 곧 헌터스와프가 본격적으로 가동하게 돼. 국제적인 헌터스와프가 가동된다는 게 무슨 의미인지 몰라?"

"난 전사지, 정치가가 아니다. 그러니 쉽게 말해."

"헌터스와프가 본격적으로 가동되면 세계는 신정복시대가 열리기 시작할 거다. 강대국이 약소국을 지배하는 새로운 시대가 시작되는 거지. 따라서, 그런 상황이 오면 우리는 한국을 발판으로 동아시아를 전부 먹어야 해. 미국이 아메리카를 장악하는 동안, 중국이 유럽으로 진출하는 동안에 말이야. 그래서 한국이 중요하다. 우리가 한국에 수많은 친일분자들을 심어놓은 것도 그런 시대가 다가온다는 것을 예상했기 때문이야."

"한국 놈들은 결코 녹록하지 않을 텐데?"

"헌터의 숫자에서, 그리고 능력 면에서 그놈들은 우리 대일본의 상대가 되지 않는다. 남은 건 시기와 타이밍뿐이야."

"넌 확신을 하는구나."

"당연하지. 수많은 예상 시나리오를 돌린 끝에 얻은 결과다. 우린 과거의 영광을 다시 재현할 수 있어. 그래서 네가 중요하다. 우리가 세계 최고라는 걸 알려야 해. 우리 일본이 가장 강한 초인들을 보유했다는 걸 세계에 각인시켜야 된다."

"크크크… 정치가들이란……."

엔도가 다시 재미있다는 듯 웃었다.

역사는 과거를 반복한다고 하더니 던전에서 괴물들이 쏟아져 나오는 지금도 그런 진리는 변함이 없다.

일본의 영광?

그런 게 정말 중요한 걸까. 나는 다른 차원에서 넘어와 잠시 이 세계에 머무는 존재일 뿐인데?

푸른 눈으로 자신을 바라보는 미우라의 표정을 보면서 엔도의 웃음이 진해졌다.

이놈은 잠시 살아갈 뿐인 이 세상에서조차 집착과 소유에 대한 욕심을 버리지 못하고 있었다.

그럼에도 엔도는 앞에 놓인 술잔을 들어 한입에 털어 넣은 후 천천히 입을 열었다.

"반드시, 그렇게 해주마. 이 세상에서 유일한 나의 친구를 위해서."

*   *   *

한정유와 일행들은 한국에서 벌어지고 있는 행태를 듣고 하품을 흘려냈다.

승리를 한 후 환호와 기쁨 일색이었던 대한민국의 분위기가 인터넷 한쪽부터 시작된 음모론에 서서히 젖어가는 걸 보며 일행의 얼굴에선 웃음이 사라져 갔다.

일본이야 워낙 자신에 대한 반감이 있으니 그렇다 쳐도 한국에서조차 그런 기사와 여론이 형성될 줄은 꿈에도 생각하지 못했던 것이다.

"냄새가 나지?"

"그렇구만."

"의도적인 조작질 냄새가 나. 다수는 침묵하고 일부가 힘을 받는 그런 일. 그런 일은 주로 정치 쪽에서 발생하지."

"그래서 통제국에 조사를 시켜놨다. 유튜브에 계속 동영상을 올리는 놈들과 포털과 각종 사이트에서 떠드는 놈들. 그리고 기사마다 댓글을 달면서 씹는 놈들 전부."

"이유는 뭐라고 생각해?"

문호량과 김도철의 대화를 듣고 있던 한정유가 중간에서 끼어들었다.

기분이 좋지 않다.

일본 언론이 떠들 때 이 새끼들이 전부 약을 처먹었나 하는 생각을 했다.

그렇지 않고서야 이런 반응을 보일 리 없기 때문이었다.

"아무래도 헌터스와프가 개시되니까 약을 쳐놓는 것 같다는 느낌이 들어."

"무슨 약?"

"던전이 녹색으로 변하면서 서서히 상황이 변해가고 있어. 지금 한국은 길드가 그동안 아껴왔던 스페셜 마스터들을 방어선에 투입하는 중이야. 헌터들은 4교대에서 2교대로 전격 전환되었고. 만약 완벽하게 초록색으로 변하면 괴물들의 힘은 더 강해지겠지. 여기서 색깔이 한 번 더 변하면 보유한 헌터들로 괴물들을 막기가 힘들어진다. 무슨 뜻인지 알겠어?"

"도움을 청해야 한다는 뜻이군."

"맞아, 헌터스와프는 그런 경우를 대비해서 만들어지는 거야. 그런데 강대국들이 그냥 도와줄까?"

"대충 무슨 소린지 알겠다."

문호량의 설명에 한정유의 눈꼬리가 올라갔다.

대충의 상황이 그려졌다.

국가의 목숨이 왔다 갔다 하는 상황에 몰리면 무엇을 원하든 다 줄 수밖에 없다.

전쟁에서 승리한 국가에게 국민들의 목숨이 저당 잡히는 건 당연한 것이니까.

김도철이 나선 것은 한정유가 눈꼬리를 올린 채 손가락으로 탁자를 두드릴 때였다.

"잠시 살다 가는 삶이지만, 우리를 숨 쉬게 만들어준 곳이 대한민국이다. 그러니 밥값을 해야 되지 않겠어?"

"비싼 밥값을 해야 되겠군."

"대충 그림이 그려졌으면 앞으로는 빌미를 만들지 마. 네가 8강에 올라간 걸 대부분의 국민들은 무척 기뻐하고 있다. 그 사람들을 위해 나머지 시합은 제대로 해."

"이게 모두 호량이 때문이야."

"왜 또 내 핑계를 대!"

"네가 인마, 자꾸 조심하라고 잔소리를 하는 바람에 그런 거 잖아."

"설마 네가 그랬겠다."

"사실이었어."

"어쨌든, 무조건 우승해라. 벌써 이 지랄들을 떠는 걸 보니 반드시 우승하고 넘어가야겠다. 특히, 엔도 이 개새끼는 반드시 박살을 내놔야겠어. 이 씨발 놈들이 아직도 한국을 홍어 좆으로 보는 모양인데 이 기회에 확실하게 보여주고 가자. 대한민국에 마제가 있다는 걸 알려주란 말이야. 알겠어!"

*   *   *

8강전.

8강에 오른 자들의 면면은 화려하기 짝이 없었다.

전 세계 전문가들이 공통으로 뽑은 우승 후보들이 전부 올라왔는데, 8강에 오르는 동안 판정승이 한 번도 없을 정도로 압도적인 무력을 선보인 자들이었다.

초인들의 강국.

중국과 일본, 영국, 인도, 독일, 브라질, 프랑스가 모두 올라왔다.

대한민국의 한정유가 미국을 꺾고 8강에 올라간 것을 두고 세계인들은 이변으로 여겼다.

한국은 그동안 초인들의 변방 국가로 치부되었기 때문이다.

하지만, 그런 세계인들의 시선은 곧 경악으로 변했다.

한정유가 8강전에서 붙은 인도의 수하르와 4강전에서 붙은 중국의 장웨이를 1라운드 30초 만에 박살 내며 결승에 올랐던 것이다.

압도적인 무력이 어떤 것인가를 확실하게 보여주기라도 하듯 한정유의 무극도는 천지를 갈라놓았다.

수하르도 장웨이도 한정유의 삼 초를 견디지 못하고 바닥에 쓰러졌다.

허망하게 느껴질 만큼 압도적인 승리였다.

잠시 의심에 빠졌던 대한민국의 언론들은 한정유의 폭풍 같은 진격을 두 눈으로 다시 확인하자 언제 그랬냐는 듯 광란에 젖어들었다.

누가 상상이나 했을까.

한정유가 국내에서 벌어진 히어로전에서 전승 KO승을 기록했고 전 세계 전문가들이 우승 후보에 올려놓았음에도 결승까지 오를 것이라 예상한 사람들은 많지 않았다.

이성과 감정은 다르다.

감정적으로야 한정유가 우승하기를 간절히 바랐지만 이성적으로는 세계 최고수들이 출전하는 챔피언십의 16강에 오른 것만 해도 다행이라는 생각을 했던 것이다.

하지만, 모든 불가능을 뚫고 결승까지 올라가자 대한민국은 축제에 빠져들었다.

아직도 가끔가다 인터넷 한쪽에서 한정유를 비방하는 놈들이 있으나 그런 놈들은 국민들에게 몰매를 맞으며 글을 내렸다.

이제 남은 경기는 단 하나.

바로 맞은편에서 올라온 강력한 우승 후보 일본의 엔도뿐이었다.

결승전에 오른 두 사람.

운명의 한 판.

세계 언론은 두 사람의 전력을 분석하며 팽팽한 접전을 예상했다.

한정유와 엔도가 전부 1라운드에 상대방을 제압하며 결승에 올라왔기 때문이다.

더군다나 한일전.

두 나라가 그동안 겪어왔던 험난했던 역사를 모두 알기에 전 세계인들은 초미의 관심을 가지고 결승전을 기다렸다.

양 국가의 국민들은 3일 후에 벌어지는 경기를 앞두고 벌써부터 분위기가 폭발 직전이었는데, 지는 국가의 국민들은 정신적인 치명상을 입을 정도로 뜨거워져 있었다.

기다림의 시간은 언제나 지루하다고 누가 그랬나.

아마 그것은 하릴없는 기다림에 한정된 말일 뿐.

흥분과 기대에 가득 찬 사람들에게 시간은 화살처럼 지나간다.

대기실에 들어온 일행들의 표정은 마치 목숨을 건 전쟁터에 나가는 것처럼 비장했다.

특히 남정근은 도쿄돔에 오는 동안 잠시도 가만있지 못하고 자꾸 몸을 쓰다듬었는데 전신에 소름이 올라오고 있었기 때문이다.

김도철이 말했다.

"정유야, 부탁해. 국내에서는 벌써 너무 긴장해서 혼절한 사람들이 많단다. 반드시 이겨야 하는 경기야."

"이 자식아, 넌 멀었다."

"뭐가?"

"호량이 좀 봐. 쟨 초조함을 감추고 아무 말도 안 하잖아."

한정유가 가리키자 문호량이 입맛을 다셨다.

갑자기 자신을 향해 화살이 돌아오자 눈알을 부라렸는데 많이 긴장했는지 말이 제대로 나오지 않았다.

"하고 싶지 않아서 안 해. 말하면 또 잔소리 한다고 그럴 거잖아."

"그런가?"

"이번엔 정말 잘해. 저 새끼는 다른 놈들과 달라. 아무래도 난 저놈이 지천에 오른 것처럼 느껴져."

"상관없어."

"정유 씨, 이번엔 호량 씨 말 좀 들어요. 나도 걱정되어서 죽겠단 말이에요."

"한 국장, 신중하게 해주게. 대한민국의 명운이 달린 일일세."

모든 사람들이 난리다.

문호량이 입을 열자 김가은과 남정근이 맞장구를 치며 간절한 시선을 보내왔다.

하아, 이 사람들이 왜 이래. 내가 언제 대충 싸운다고 그랬어?

사람들의 시선을 피해 전투장 쪽으로 눈을 돌렸다.

도쿄돔을 가득 채운 일장기, 그리고 엔도가 이기기를 간절히 바라는 염원의 함성.

문호량의 말로는 돔을 가득 채운 일본인들이 부르는 노래가 기미가요라고 했다.

비장함의 극치.

일본인들은 전쟁에 나갈 때마다 언제나 이 노래를 부른단다.

간절한 바람이 느껴진다.

기미가요를 부르는 일본 관중들의 얼굴에는 긴장감과 더불어 흥분, 그리고 엔도가 이겨주기를 바라는 간절한 소망이 담겨 있었다.

한국에서도 그렇겠지.

나를 응원하는 대한민국 국민들은 또다시 바람 부는 광장에 모여 두 손 모아 승리를 염원하고 있을 것이다.

일본의 언론은 편파를 넘어 일방적이었다.
모든 세계 언론이 팽팽한 접전이 펼쳐질 것이라 예상했음에도
일본 언론만은 무조건 엔도가 이길 거라는 주장을 반복해서 내
보냈다.

천천히 전투장으로 걸어 나가 정해진 위치에 섰다.
야유, 그리고 거침없이 터져 나오는 욕설.
일본 관중들이 내뱉는 욕설들은 차마 입으로 표현하기 어려
울 만큼 지독한 것들이었다.
그럼에도 한정유는 여유 있게 팔짱을 낀 채 엔도가 나오기를
기다렸다.

이윽고 엔도의 모습이 보이며 폭탄같은 함성이 터져 나왔다.
뜨거운 연호.
엔도를 부르는 관중들의 열기가 도쿄돔을 금방이라도 녹여
버릴 것처럼 뜨거웠다.

결승전은 금방 열리지 않았다.
시합이 벌어지기 전 사전 행사가 거행되었는데, 거기엔 양국
국가의 제창까지 들어 있었다.
오늘 일본 관중들은 정말 원없이 기미가요를 부른다.

"저 새끼들은 지네 국가를 무슨 응원가처럼 불러. 도대체 몇 번이나 부르고 지랄하는 거야!"

"아는 게 기미가요밖에 없나 보지."

"듣기 싫어 죽겠네. 저거 잠시 무음으로 해놨으면 좋겠다."

대일물산의 김만식과 김윤석은 팀원들과 함께 광화문에 나와 있었다.

결승전이 8시에 벌어졌기 때문에 퇴근 후 도시락을 싸들고 곧장 광화문으로 왔다.

중계가 시작된 후 끝없이 들려오는 기미가요.

도쿄돔을 꽉 채운 일본 관중들은 아예 메들리처럼 기미가요를 끊임없이 부르고 있었다.

더불어 도쿄돔 전체가 일장기로 가득 찼다.

스탠드는 물론이고 벽면, 심지어 지붕까지 전부 일장기 천지였다.

들어본 사람들은 알겠지만 기미가요는 마치 장송가처럼 처량하기도 하고 비장하기도 하다.

일본인들은 특히 비장미에 높은 점수를 줬지만 대한민국 사람들은 그 곡조를 청승맞다고 평했다.

거기에 핏빛 붉은색 일장기까지 곁들어지자 더욱 싫었다.

더군다나 월드 챔피언십의 결승전이 벌어지는 장소에서 일본인들이 끊임없이 기미가요를 불러대고 있으니 김만식이 신경질을 내는 건 당연한 일이었다.

금방이라도 터질 것 같은 분위기.

오늘 광화문에 몰린 인파는 무려 120만이 넘었다.

정말 콩나물시루가 따로 없다는 말이 어울릴 정도로 인파들의 행렬은 끝이 보이지 않았다.

전부 한정유의 우승을 간절히 바라며 달려온 사람들이었다.

"미치겠네. 뭔 식을 저리 오래하는 거야. 아주 별짓을 다하는구만."

"야, 다 끝났어. 조금 있으면 시작할 거야."

"또 불러!"

김윤석이 어깨를 툭툭 치면서 다독이는 순간 김만식의 표정이 급격하게 변했다.

이번에는 공식 행사에서 부르는 국가제창이었다.

이젠 귀에 못이 박힐 정도로 익숙해진 기미가요가 다시 제창되자 김만식이 손을 들어 귀를 틀어막았다.

옆에도 뒤에도 비슷한 행동을 하는 사람들이 많았다.

그들도 질릴 만큼 질렸다는 뜻이다.

그때, 사람들이 하나둘 자리에서 일어나는 게 보였다.

무슨 일이냐는 듯 놀라서 주위를 둘러보자 기립하는 인파의 숫자가 점점 많아지기 시작했다.

"뭐 해, 안 일어나고?"

"왜?"

"인마, 일본 국가 다 끝나가잖아. 이번에 애국가 나올 차례다."

그제야 눈치챘다.

사람들이 일어난 게 애국가를 따라 부르기 위함임을.

단박에 자리를 박차고 일어났다.

그래, 애국가를 부르자. 기미가요의 청승맞은 곡조에 비하면 차라리 우리 애국가가 응원가로는 더 어울린다.

드디어 애국가가 흘러나오고 대형화면에 한정유의 얼굴이 대문짝만 하게 잡히자 김만식은 악을 쓰면서 애국가를 불렀다.

씨발, 이겨라. 한정유, 무조건 이겨야 해!

*　　　*　　　*

비단이 찢어지는 목소리.

양 선수를 소개하는 일본 여자 아나운서의 목소리에 담긴 비장감은 사람들의 가슴에 전율을 심어놓기에 충분했다.

정말 대단한 목청이다.

음성 하나로 사람의 심장을 벌렁거리게 만든다는 건 보통 사람으로는 도저히 불가능한 일이다.

소개를 하는 동안 한정유는 가만히 서서 엔도의 기운을 느꼈다.

어둠, 사악, 그리고 분노와 갈증.

어디선가 느꼈던 기운.

오래 생각할 필요도 없다.

이 기운은 그 옛날 무림 시절 천하를 장악하기 위한 마지막 싸움에서 사도련주와 마주 섰을 때 느꼈던 기운이다.

무림의 사도련과 현실의 사도련.

한정유가 흑도회를 주구로 삼아 갖은 악행을 저지르고 있던 사도련을 끝까지 찾아내려 했던 것도 그런 이유다.

분명 둘 사이엔 어떤 연관성이 있을 것 같았다.

천왕회가 천왕성과 연관이 있는 것처럼.

만약 사도련주를 사로잡았다면 한정유는 무림에 존재하는 사도련과의 관계를 끝까지 파헤쳤을 것이다.

이 새끼 봐라.

엔도를 바라보는 한정유의 시선에서 강렬한 안광이 새어 나왔다.

무인의 기세는 감춘다고 해서 감출 수 있는 것이 아니다.

뭔가 냄새가 났다.

무인들은 지닌 무공에 따라 그 특성이 분명해진다.

특히 정도와 마도, 사도의 무공은 전부 성격이 달라서 기도가 명확하고 차별화된 기세를 뿜어내기 때문이다.

문제는 엔도의 기세가 그 옛날 사도련주 천사제에게서 흘러나 왔던 기운과 무척 유사하다는 것이었다.

생각이 꼬리를 물었으나 한정유는 더 이상 생각의 끈을 이어 나가지 못했다.

여자 아나운서의 소개가 끝나며 자신을 호명했기 때문이다.

천천히 앞으로 걸어가 엔도와 마주 섰다.

막상 눈앞에 대하자 놈의 사악한 기운이 훨씬 더 독하게 풍겨 나왔다.

얼굴에 들어 있는 잔인한 미소.

그리고 거침없이 다가오는 바늘로 찌르는 것처럼 따가운 살기.

"올라오느라 고생했다. 난 오늘 네 팔과 다리 하나씩 끊어놓을 생각이다. 아주 예쁘게. 마음 같아서는 네 몸에서 흘러나오는 피를 맛보고 싶은데 워낙 많은 자들이 보고 있어 그건 어려울 것 같구나."

"이 새끼, 무슨 소릴 지껄이는 거야. 일본말 말고 한국어나 영어로 해!"

중얼거리는 엔도를 향해 한정유가 이를 드러내며 웃었다.

뭔가 중요한 말을 한 것 같은데 알아듣지 못했다. 그리고 그리 궁금하지도 않았다.

그때 기대하지 않았던 엔도의 입에서 영어가 튀어나왔다.

"한정유, 오늘을 기다렸다. 최선을 다해 날뛰어봐. 넌 어차피 오늘 죽을 테니까."

"내가 죽어? 왜?"

"그건 죽고 나서 저승에 가면 물어봐."

"뭐라는 거야, 이 새끼가. 너 자꾸 성질 건드리는데, 그러다 비 오는 날 먼지 나도록 맞는 수가 있어."

"크크크. 냄새나는 조센징."

엔도가 이상한 웃음을 흘리며 천천히 몸을 돌렸다.

놈의 이가 이상하다.

마치 승냥이의 그것처럼 양쪽이 삐죽 튀어나왔는데 옆에서 보자 더욱 도드라져 보였다.

한정유의 입이 열린 건 엔도의 몸이 거의 돌아갔을 때였다.

"어이, 엔도. 사도련이라고 들어봤지?"

"……."

대답은 하지 않았지만 확신할 수 있었다.

고수의 감각.

거의 미세하게 경직되면서 변하는 놈의 기도.

엔도 이 새끼는 사도련에 대해서 뭔가 알고 있거나 관련이 있는 게 분명했다.

이거 정말 재미있어지네.

엔도가 먼저 몸을 돌려 제자리 쪽으로 걸어가는 걸 보며 한정유도 원래 있던 자리로 돌아왔다.

모든 행사가 끝났으니 이제 남은 것은 오직 하나.

놈을 부수는 일만 남았다.

삐잉—

경기 개시를 알리는 부저 소리.

부저 소리가 울리는 것과 동시에 한정유는 달리는 속도 그대로 공중을 향해 날아올랐다.

무극진기를 끌어 올린 그의 신형이 무려 10m 정도 솟구쳤다.

사람이 난다. 마치 새처럼.

문제는 그냥 날아오른 것이 아니라 연속으로 도약하며 더욱 높이 올라갔다는 사실이다.

단 한 번의 행동으로 인해 관중들의 함성 소리가 즉시 사그라들었다.

엔도를 우렁차게 응원하던 일본 관중들은 한정유가 2단으로 솟구치며 15m 상공까지 올라가자 믿을 수 없다는 시선을 한 채 비명을 질렀다.

지금까지 수많은 고수들이 출전했으나 이런 진기를 보여준 자는 하나도 없었다.

아무리 초인이라도 어찌 15m를 날 수 있단 말인가.

더욱 놀라운 것은 한정유가 그 높이에서 정지한 채 엔도를 향해 무극도를 날리기 시작했다는 것이었다.

지금까지 진정한 지천의 경지를 개방한 적이 없다.

하지만, 지금은 자신이 지닌 능력을 확실하게 보여줄 생각이었다.

엔도의 눈과 갈무리된 기세를 본 순간, 놈의 경지가 현경의 끝자락에 도달했다는 것을 알 수 있었다.

지금까지 상대했던 놈들 중에서 가장 강한 무인이다.

그럼에도 한정유는 공격에 조금의 주저함도 나타내지 않았다.

지천의 경지에 올랐다면 조금 더 시간이 필요하겠지만 현경의 끝자락 정도라면 전 세계인들과 했던 약속을 지킬 수 있을 것이다.

바로 1라운드 30초 전에 끝내겠다는 약속 말이다.

도약과 동시에 섬전십삼뢰의 후삼식 중 하나인 천지(天地), 파혼(破魂)을 동시에 터뜨렸다.

연환공격.

엔도의 신형이 뒤늦게 날아올랐으나 한정유는 공중에 도약한 상태에서 이미 거대한 도기를 쏟아내고 있었다.

불공평하다고?

아니, 이건 불공평한 게 아니야.

적을 대하는 투지, 그리고 나의 무력에 의해 이런 상황이 만들어졌을 뿐이다.

엔도가 이를 악문 채 먹물처럼 시꺼먼 검기를 뿌려왔다.

놈의 검에서 시체 썩는 것처럼 퀴퀴하고 지독한 냄새가 줄기

줄기 뿜어지며 무극도를 향해 날아왔다.

사람은 위기에 처하면 자신이 가지고 있는 모든 것을 꺼내 든다.

엔도가 그랬다.

놈은 지금까지 시합을 하면서 한 번도 시전하지 않았던 검은색 검기의 그물을 꺼내 들었는데 사악한 기운이 물씬 담겨 있었다.

마치 검은 안개가 피어오르는 형상.

한정유의 투명한 도기에 대항하여 날아오른 엔도의 흑색 검기는 모든 방위를 차단한 채 다가왔다.

이놈 봐라.

놈이 펼치는 것은 시독강기가 분명했다.

시독술이란 인간의 썩은 시신에서 생성되는 기운과 수백 가지 독극물을 혼합하여 내공에 접목하는 사술로써 그 경지가 절정에 이르면 엔도처럼 흑강기를 쏘아낼 수 있는데, 무림에서는 그것을 시독강기라 불렀다.

그 자체가 무시무시한 위력을 지녔고 한 올의 호흡만 닿아도 상대의 전신내공을 부술 만큼 강력한 독기가 담겨 사파 계열에서는 전설로 통하는 무공이었다.

이로써 놈의 정체가 더욱더 확실해졌다.

시독강기는 무림의 공적이자 사파의 지존인 천사제의 독문무공이었기 때문이다.

이런 게 있으니 그토록 오만한 얼굴을 하고 있었던 게지.

하지만, 넌 상대를 잘못 만났다.

너와 어떤 관계인지 모르나 나는 시독강기를 극으로 익혔던 천사제까지 도륙한 사람이다.

다시 말해, 너 정도는 단칼에 죽일 수 있다는 거지.

쫘르르륵, 쫘아악!

십방을 점유한 채 날아오던 검은 안개가 무극도와 부딪치는 순간 갈가리 찢겼다가 다시 합쳐졌다.

그런 후 계속 한정유의 신형을 향해 접근해 왔다.

유제강의 원리.

유함이 강함을 이긴다는 검리의 일축.

그토록 강한 한정유의 섬전십삼뢰를 건너뛰어 다가올 수 있었던 건 놈의 검초에 유제강의 상승 무공이 포함되어 있다는 걸 의미했다.

검은 안개의 속도가 충돌과 함께 눈에 보이지 않을 정도로 빨라졌으나 한정유는 싸늘하게 웃으며 무극도를 고쳐 쥐었다.

그 정도는 되어야 패는 맛이 난다.

어린애를 패면 양심의 가책을 받아 가끔 밥이 안 넘어갈 때도 있지만 이 정도의 무력을 지닌 놈이라면 원없이 팰 수 있을 것 같았다.

번쩍거리며 피어오른 투명 검기가 시독강기에 맞서 천지를 아울렀다.

마치 무형의 방패가 생성되어 쏟아지는 안개를 막아내는 형상처럼 보였다.

하지만, 그것도 잠시.

솟구쳐 오르던 엔도의 신형이 천근처럼 내리누르는 한정유의 도력을 견디지 못하고 급속도로 가라앉기 시작했다.

마치 거인의 팔에 의해 일어서던 난쟁이가 다시 주저앉는 것처럼.

그 이후 엔도는 더 이상 솟구쳐 오르지 못했다.

어느새 하강한 한정유가 놈의 전신을 향해 십팔도를 내갈겼기 때문이다.

반월형의 투명 탄강이 무차별적으로 엔도의 머리 위에 작렬했다.

이를 악물고 팽이처럼 회전하며 탄강에 맞서 시독강기를 날렸으나 이미 한정유의 투명 탄강은 시독강기를 부수며 엔도의 몸에 접근한 상태였다.

"시간 다 됐다, 이 새끼야. 이제부터 쑈 타임!"

콰앙, 쾅, 콰앙!

투명 탄강이 엔도의 흑색 '제우스'의 전신을 때릴 때마다 폭음이 터졌다.

순식간에 18개의 탄강이 엔도의 전신에 작렬했는데 탄강에 얻어맞을 때마다 엔도의 몸은 술에 취한 것처럼 비틀거리며 물러나기 시작했다.

죽이는 건 일도 아니다.

그럼에도 마지막 순간에 내공을 회수해서 탄강의 위력을 감소시킨 것은 전 세계에 철저하게 망가진 엔도의 모습을 보여주기 위함이었다.

반격을 허용치 않았다.

충격을 받을 때마다 엔도가 이를 악문 채 자신의 검을 들기 위해 노력했으나 한정유는 계속 탄강을 펼쳐 무차별적으로 구타를 멈추지 않았다.

비틀거리던 엔도의 신형이 피를 토하며 무너진 것은 귀빈석에서 경기를 관전하던 일본천왕 바로 앞까지 밀려 나간 후였다.

한정유가 무려 30m를 두들겨 패면서 그를 일본 천황 앞까지 끌고 왔던 것이다.

무섭게 내리깔리는 정적.

그리고 일그러진 일왕과 수뇌부들의 표정.

아, 미안해. 어쩌다 보니 온 거지 일부러 그런 건 아니야.

제31장

변화

무겁게 내려앉은 정적 사이를 뚫고 한정유가 전투장의 중심으로 걸어갔다.

뒤에는 피를 흘리며 엔도가 쓰러져 있었으나 더 이상 보지 않았다.

동정?

그런 건 내 심장에 없다.

무인은 패배를 당하는 순간 승리자의 무릎 아래 처참하게 쓰러지는 것이 숙명이다.

전투장의 중앙에 선 순간, 긴장된 눈으로 관전하던 일행들이 뛰어오는 게 보였다.

그 선두에 선 사람은 남정근이었다.

양손으로 들고 있는 태극기가 선명했다.

어디서 저런 걸 준비한 걸까.

남정근은 대형 태극기를 들고 뛰어왔는데 장대에 매달린 태극기가 그의 움직임에 따라 휘날리고 있었다.

남정근이 태극기를 들고 미친 사람처럼 전투장을 뛰어다니는 동안 감격을 참지 못한 김가은이 다가와 한정유의 품으로 파고들었다.

"정유 씨, 정말 수고했어요. 난 너무 좋아서 눈물이 나올 것 같아요."

이거 괜찮네.

대회에서 우승했더니 마치 어린아이처럼 순진한 눈망울에 존경을 한껏 담아 자신을 올려다본다.

만약 여기가 전투장이 아니었다면 그녀는 서슴없이 키스를 해왔을 것이다.

"수고했다. 이길 줄 알았어."

"대단하네, 한정유. 최고다."

김도철과 문호량이 다가오지 못한 채 소리 높여 축하를 해왔다.

숫기 없는 놈들.

김가은이 품에 안기는 걸 확인한 놈들은 멀찍이 떨어져 소리만 지르고 있었다.

일행들의 축하를 받는 동안 귀빈석에서 한 사람이 경호원을 대동한 채 걸어 나오는 게 보였다.

그는 바로 대한민국의 대통령이었다.

흥분에 가득 찬 모습. 그리고 안면에 가득 들어 있는 웃음.

대통령은 얼마나 기뻤는지 금방 춤이라도 출 것처럼 덩실덩실 다가왔다.

일본으로 건너왔다는 소린 들었지만 처음 본다.

대통령은 자신과의 약속을 지키기라도 하려는 듯 전화는 여러 번 했지만, 그에게 청와대에 들어오라거나 만나자는 말을 하지는 않았다.

그랬기 때문인가. 오전에 일본에 도착한 대통령은 시합이 끝날 때까지 얼굴을 볼 수 없었는데, 우승이 결정되자 만면에 웃음을 띤 채 마치 뛰는 것처럼 다가왔다.

"한 국장, 장합니다. 정말 축하해요. 대한민국에 경사가 났습니다. 한 국장으로 인해 우리 대한민국은 세계 최고가 되었습니다."

"과분한 말씀입니다."

"과분하다니요. 난 한 국장이 얼마나 자랑스러운지 모르겠소. 내가 한번 안아봅시다. 대한민국의 대통령으로서 안아주고 싶구려."

이 양반, 정말 좋은가 보다.

양팔을 벌린 채 대뜸 다가와 끌어안는데 그가 워낙 왜소해서 한정유의 몸통이 반이나 남았다.

그럼에도 한정유는 대통령의 가슴을 느끼며 양손을 들어 마주 안았다.

이토록 기뻐할 줄은 몰랐습니다.

당신의 얼굴에서 대한민국의 사랑이 느껴지는군요.

대통령님, 걱정하지 마세요. 내가 있는 한 대한민국은 그 누구에게도 꿇리지 않는 강국으로 남아 있을 겁니다.

「대한민국의 풍운아, 한정유. 월드 챔피언십 우승」

「한정유, 일본의 영웅 엔도를 쓰러뜨리다!」

「대한민국이 전부 울었다. 우리의 영웅 한정유. 우승컵을 거머쥐다!」

한정유가 월드 챔피언십에서 우승하는 순간 대한민국은 전 국토가 정말 난리가 났다.

그 옛날 월드컵 4강에 들었던 것은 비교조차 되지 않는다.

현재 월드 챔피언십의 권위와 인기는 월드컵이 상대가 되지 않을 만큼 월등했기에 국민들이 느끼는 감정은 그야말로 축제 그 자체였다.

그 누가 알았단 말인가.

단 한 번도 예선을 통과하지 못했던 대한민국이 우승까지 차지할 거라 예상한 전문가는 단 한 사람도 없었다.

120만이 집결된 광화문은 물론이고 전국의 거리가 국민들의 인파로 흘러넘쳤다.

사람들은 손에 태극기를 든 채 거리를 활보하며 승리의 노래를 불렀는데 모르는 사람들을 끌어안으며 서로를 축하하느라 정신이 없었다.

*　　　　　*　　　　　*

"언니, 오빠하고 같이 있어?"

"응."

"와아, 언니야, 부럽다."

"무슨 소리야?"

"세상에서 가장 멋진 남자하고 같이 있으니까 그렇지. 우리 친구들은 언니가 부러워서 전부 죽으려고 해."

"새삼스럽게 왜 이러니. 힛, 사실 나도 좋긴 해."

김가은이 동생의 전화를 받으며 사람들과 함께 있는 한정유를 힐긋 바라보았다.

그렇다.

동생의 말대로 저 남자는 세상에서 제일 멋진 남자다.

"그런데 왜 전화했어?"

"왜긴, 너무 궁금해서 했지. 오빠는 뭐 해?"

"축하 인사 받느라 정신없어. 길드회장들을 비롯해서 여러 명이 날아왔거든. 정부의 주요 인사들하고 정재계 인사들도 엄청 많이 왔어."

"그렇겠다. 그럼 언니하고는 알콩달콩한 시간도 못 보내겠네."

"당연하지. 당분간은 힘들 거야. 세계챔피언이 되었으니 언론이 그냥 내버려 두지 않을 텐데 데이트할 시간이 어디 있어. 그리고 난 정유 씨 비서실장이라 오히려 내가 더 바빠."

"엄마, 아빠가 너무 좋아해. 텔레비전으로 시합 보면서 이겼을 때 막 일어나 춤까지 췄어."

"정말 그랬니?"

"응."

"호호, 뭘 그렇게까지 하셨대. 아빠 춤은 엉망이라 보기 힘들지 않았어?"

"두 분이 막 껴안고 뽀뽀까지 하더라니까."

"너무 과하셨네."

"그래서 말인데……. 이번에 돌아오면 정말 꼭 보고 싶대. 우리 엄마, 아빠 이러다가 상사병 걸리겠어."

"아휴, 또 그러신다. 알았고, 이젠 전화 끊어야겠다. 기자들이 날 찾아서 가봐야 할 것 같아."

"오케이, 잘하고 와. 오빠한테 안부 꼭 전하고!"

급하게 인사를 마치는 동생의 목소리를 들으며 김가은은 잠시 휴대폰을 바라보다가 걸음을 옮겼다.

그동안 수도 없이 한번 보게 해달라는 동생과 부모님의 부탁을 바쁘다는 핑계를 대며 거절해 왔는데 또 같은 소리를 듣게 되자 저절로 한숨이 길어졌다.

부모님은 걱정이 많은 것 같았다.

한정유의 위치와 영향력이 점점 커져가면서 두 분은 혹시라도 둘의 사이가 잘못될까 봐 불안감을 느끼는 것 같았다.

*　　　　　　*　　　　　　*

참 바쁜 하루다.

우승을 한 순간부터 주요 인사들의 축하와 기자들의 등쌀에 12시가 되어서야 호텔로 돌아올 수 있었다.

내일도 마찬가지일 것이다.

우승 기자회견, 내외신 기자들과의 인터뷰 등의 스케줄이 잡혀 있었고 축하 만찬까지 공식 행사만 다섯 개가 넘었다.

호텔에 돌아온 후 전화기를 들어서 집으로 전화를 걸었다.

부모님은 아들이 세계챔피언이 되었음에도 전화를 하지 않으셨는데 동생의 번호도 찍혀 있지 않았다.

분명 부모님은 아들이 정신없이 바쁠 것이란 판단을 한 후 동생에게 전화하지 말라고 했을 것이다.

신호음이 3번 울린 후 그리웠던 목소리가 들려왔다.

기다리고 계셨던 거다.

12시가 넘은 시간에 이렇게 빨리 전화를 받았다는 건 이제나 저제나 아들이 전화하기를 기다렸다는 뜻이다.

"아버지, 접니다."

—그래, 우리 아들. 고생했어. 훌륭하게 싸워줘서 고맙다.

"전부 아버지께서 응원해 준 덕분입니다."

—그런 소리 하지 마. 내가 해준 게 뭐가 있다고 그런 소릴 해.

"낳아주셨잖아요. 그러니까 제가 가진 모든 영광은 아버지 거나 다름없습니다."

—그렇게 생각해 주니 고맙구나. 그런데 어디 다친 데는 없지?

"없어요. 전 한 군데도 다치지 않았어요."

—다행이다. 정유야, 엄마가 바꿔달란다.

두런거리는 소리가 들리더니 전화기의 목소리가 바뀌었다.

—정유야!

엄마의 목소리.

목소리를 듣자마자 보고 싶다는 생각이 물밀 듯 밀려들었다.

이 세계에 왔을 때 가장 먼저 본 얼굴.

엄마는 식물인간이었을 때도, 정신을 되찾은 후 몸이 온전하지 못했을 때도 자신의 똥오줌을 받으며 돌봐주었던 분이다.

"엄마, 잘 계시죠?"

—나야 잘 있지. 엄마는 정유 덕분에 호강하고 있잖아.

"병원은 빼먹지 않고 다녔어요?"

—그럼, 우리 아들이 빼먹으면 난리치는데 그럴 수가 있겠니. 걱정하지 마. 잘 다니고 있으니까. 그런데 우리 아들, 언제 와?

"이틀 후에 돌아가요."

—빨리 와. 보고 싶어.

"조금만 기다리세요. 저도 엄마 보고 싶어요."

엄마에 이어 동생인 한미연과의 통화를 끝으로 전화를 끊었다.

마음이 더없이 편안해졌다.

경기를 끝내고 사람들에게 시달리면서 머릿속에는 가족들이 궁금해할 거란 걱정이 가득했기 때문이다.

*   *   *

"형님, 저 좀 살려주십시오. 이번 한 번만 도와주시면 정말 하느님처럼 모시겠습니다."

"야, 한 국장은 예전과 달라. 내가 부탁해도 안 나갈 거야."

"그래도 형님이 이야기하면 통합니다. 그동안 한정유 국장과 더없이 가까운 사이였잖습니까. 지금도 마찬가지고요."

"안 된다니까. 너도 생각해 봐. 한 국장은 세계챔피언 이전에 길드 통제국장이야. 길드 통제국장이 어떤 위치인지 몰라서 그래?"

"압니다, 알죠. 그래도 그분은 국민들의 영웅입니다. 어차피 몇 번은 텔레비전에 나와서 그동안의 경과에 대해 알려줘야 되지 않겠습니까. 그런 차원이라면 우리 프로그램이 최적입니다. 예전에 한 번 나온 적도 있고요."

남정근이 단호하게 거부했음에도 NBC의 PD 최천호는 바짓가랑이를 붙잡고 매달렸다.

그의 말대로 NBC의 프로그램 '우리들의 영웅'에 한정유가 출연한 적이 있다.

하지만 그때는 길드 승격을 위해 의도적으로 국민 여론을 모으기 위해 출연한 것이니 지금 상황과 근본적으로 다르다.

최천호도 충분히 안다.

그럼에도 이토록 매달리는 건 한정유의 출연이 NBC와 그의 목숨을 좌지우지할 정도로 중요했기 때문이다.

"천호야, 나보다 김도철 단장이나 문호량 단장을 설득해 봐. 내 말보다 그 사람들 말이 더 잘 먹힐 거다."

"그 사람들은 씨도 안 먹힙니다. 한정유 국장보다 더 만나기 어려운 사람들이잖아요. 그런 사람들이 제 부탁을 들어주겠습니까?"

"그럼 나보고 어쩌라고!"

"저 좀 살려주세요. 이번 한 번만 동생 목숨 좀 구해주세요."

"하아, 이 자식아······."

잠시 숨이 들이마시자 최천호의 머리가 땅으로 처박혔다.

PD 생활을 오래했으니 자신이 고민하고 있다는 걸 단박에 눈치챈 모양이다.

"형님, 감사합니다. 정말 감사합니다."

"지랄한다."

"나중에 형수님 하고 같이 밥 먹어요. 제 집사람이 형수님 보고 싶어 합니다."

"웃기고 있네."

"정말입니다."

"알았으니까 가봐. 어렵지만 내가 말을 해볼게. 하지만, 큰 기대는 하지 마라."

입맛이 썼다.

비록 한정유가 오랜 시간 같이 지내며 친분을 쌓아온 사이였지만 지금 그의 위치는 자신도 부담이 느껴질 만큼 컸다.

미친놈처럼 고개를 조아리며 돌아가는 최천호를 바라보며 쓴웃음을 지었다.

저놈도 먹고살려니 이렇게 하는 거겠지.

참 사는 게 전부 전쟁이다.

*   *   *

국가는 영웅의 귀환을 간절히 기다렸고 그에 맞는 준비를 했다.

일본에서 돌아온 순간, 한정유를 기다리고 있는 건 공항을 가득 메운 환영 인파와 수많은 기자들이었다.

가족들은 나오지 않았다.

한정유에게는 적이 많다.

그동안 거침없이 적들을 쓸어버리는 과정에서 수많은 원한을 쌓았으니 이런 장소에 가족들을 노출시키는 건 어리석은 행동이었다.

정부에서 준비해 놓은 오픈카를 타고 광화문까지 시가행진을 했다.

얼굴이 뜨거워졌으나 모른 체하며 받아들였다.

모든 국민이 자랑스러워한다면 그들의 기쁨을 충족시키기 위해 자신의 어색함 정도는 감당하는 게 맞았다.

광화문에 도착하자 수를 헤아리지 못할 정도의 인파가 그를 기다리고 있었다.

거기서 한바탕 축제가 다시 벌어졌다.

정부에서는 월드 챔피언십에서 우승한 한정유를 축하하기 위해 갖가지 행사를 벌였는데 누가 누구를 축하하는 건지 모를 지경이었다.

국내 탑 가수들이 대거 등장해서 노래를 불렀고, 그에 맞춰 국민들은 자리에서 일어나 춤을 추었다.

그뿐만이 아니다.

일부러 그랬던 건지, 아니면 언론에서 의도적으로 만든 건지 이름만 들어도 눈이 번쩍 뜨일 영화배우와 탤런트들이 줄을 지어 축하 인사를 해왔다.

다른 건 몰라도 이건 전혀 예상치 못한 일이었다.

아마 주최 측은 몰려든 군중들에게 탑스타들의 얼굴을 보여줘 환영 행사의 의미를 부각시키려 했던 모양이다.

재미있는 건 아름다운 드레스를 입고 마지막에 등장한 정유선이 축하 인사와 더불어 포옹을 해왔다는 것이다.

다른 사람들은 악수를 나누고 대중들에게 인사를 한 후 무대의 한편에 섰는데, 그녀만큼은 한참 동안 포옹을 한 채 떨어지지 않았다.

정유선.

'하늘 우체국'이란 영화를 통해 천만 관중을 동원한 여자.

거기서 그녀는 청순함과 지고지순한 사랑을 지닌 주연을 맡아 수많은 관객들을 울리며 부동의 탑스타로 올라섰다.

"정말 대단했어요. 당신은 세상에서 가장 멋진 남자예요."

"감사합니다."

"아쉬워요. 당신이 다른 여자의 남자라는 게. 그래도 난 당신이 원한다면 꿈같은 하룻밤을 보내고 싶어요. 고개만 끄덕이세요. 그러면 저를 가질 수 있어요."

포옹을 한 채 부드럽게 속삭이는 그녀의 목소리가 감미롭게 들려왔다.

수많은 군중들이 내지른 환호 속에서도 그녀의 음성은 정확하게 들렸는데 부딪쳐 온 가슴의 감촉과 함께 그의 신경을 바짝 곤두세웠다.

도발적인 시선.

그토록 청순하고 아름다운 여자의 입에서 나왔다는 게 믿어지지 않을 만큼 너무나 유혹적인 말이었다.

좋은 가슴이네.

이런 여자가 같이 자자고 하는데 마다할 놈이 어디 있겠어.

더군다나 자신은 마제 시절 수많은 여자와 잠자리를 한 경험이 있었고, 그 모든 여자들을 사랑한 남자였다.

그럼에도 고개를 끄덕이지 못했다.

시선의 끝에 서 있는 김가은이 눈을 부라리며 자신을 노려보고 있었기 때문이다.

*　　　　*　　　　*

오랜만에 집으로 돌아온 한정유는 깊게 부모님을 가슴에 안 았다.

왜 이렇게 자꾸 야위어만 가십니까.

가슴 아프게.

아버지는 다니던 공사판 일을 그만두셨고 엄마도 식당 일을 오래전에 그만둔 채 좋은 집에서 좋은 옷과 음식을 드시며 편안한 삶을 살고 계셨지만 시간이 지날수록 점점 더 야위어만 갔다.

사람이 행복하다는 건 단순히 물질적인 것으로만 결정되지 않는다는 걸 너무나 잘 안다.

그럼에도 두 분의 안전 때문에 가급적 집에서 움직이지 못하게 만들었다.

혹시라도 있을지 모르는 불행을 방지하기 위해서였으나 두 분에게 이 집은 감옥이나 다름없었을 것이다.

두 분도 그걸 알기 때문에 힘들다는 내색을 하지 않았지만 표정에서, 그리고 점점 야위어만 가는 몸에서 하염없는 불행이 느껴졌다.

이 모든 게 내 탓이다.

나로 인해 원치 않은 감옥 생활을 하게 만들었으니 이게 불효지 뭐가 불효겠는가.

오랜만에 엄마는 신이 난 모습으로 아들이 좋아하는 불고기와 갈치조림을 하느라 정신없이 움직였고, 아버지와 여동생은 일본에서 벌어진 시합을 물어보며 연신 웃음을 지었다.

언제 이렇게 컸을까.

여동생인 한미연은 대학을 졸업한 후에 몰라보게 성숙해져 있었다.

동생은 이번에 대학을 졸업했으나 취직에 실패한 후 무척 힘든 시간을 보내고 있었지만 가족들 앞에서는 언제나 웃음을 지었다.

물론 이대로 포기할 아이가 아니란 걸 안다.

하지만, 그냥 지켜보는 것도 못할 짓이었다.

가족들과 맛있게 밥을 먹은 후 거실에 둘러앉았다.

오랜만에 온 가족이 모여 단란한 시간을 보내다 보니 할 말이 산더미처럼 많았다.

"아버지, 드릴 말씀이 있습니다."

"나한테?"

"예."

"무슨 말인데 그렇게 표정이 심각해. 나쁜 일이니?"

"아뇨, 나쁜 일이 뭐가 있겠어요. 다름이 아니라… 아버지, 이제 집에 계시지 말고 일을 하셨으면 해요. 아직 나이도 젊은데 저 때문에 집에만 계실 필요 없습니다."

"내가 무슨 일을 해. 난 이대로가 좋다."

뻔한 거짓말.

아들의 입에서 일해도 괜찮다는 말이 나오자 단박에 얼굴에서 화색이 돌았음에도 아버지는 두 손을 휘휘 내저었다.

"다시 공사판에 나가시란 말씀이 아닙니다. 제가 이번에 상금 받은 돈으로 좋은 곳에 카페를 차릴 생각이에요. 거길 아버지와 엄마가 맡아서 운영해 주세요."

"난 그런 거 해본 적이 없어."

"미연이가 있잖아요. 아버지가 사장하시고 미연이가 총지배인을 하면 돼요. 미연아, 괜찮지?"

"난 취직해야 되잖아."

"월급쟁이보다 총 지배인이 낫지. 넌 카페에서 일한 경험도 많으니까 잘할 수 있을 거야."

"그건 그런데…… 오빠가 밖에 함부로 다니면 위험하다고 그랬잖아. 그래서 나갈 때마다 아저씨들이 같이 다닌 거 아냐?"

"괜찮아. 내가 문제없도록 다 조치해 놓을 테니 가서 일만 하면 돼. 사람들은 이런 걸 가족 경영이라고 하더라. 수익금은 정확하게 4등분. 가게 오픈하는 건 전부 내가 알아서 할 테니까 다 되면 그때부터 일하면 돼."

걱정하던 얼굴들이 서서히 퍼졌다.

사람은 일을 해야 한다.

아무리 돈이 많아도 하릴없이 세월을 보내다 보면 쉽게 늙고

삶의 의욕도 떨어질 수밖에 없다.

물론 자신이 벌여놓은 일 때문에 문호량은 무진 애를 써야 할 것이다.

가족들이 일을 하게 되면 호위병들의 숫자도 늘려야 하고 신경 쓸 게 한두 가지가 아닐 테니 문호량은 매번 사고를 친다며 툴툴댈 게 뻔했다.

*　　　　*　　　　*

통제국에 출근해서 사무실로 들어서자 기획본부장인 남정근에 이어 김도철과 문호량이 시차를 두고 따라 들어왔다.

통제국을 비운 지 벌써 20일.

그동안 던전의 색깔이 녹색으로 변하면서 괴물들의 힘이 더욱 증폭되었기 때문에 간부들은 이틀 동안 각자의 파트에서 돌아가는 상황을 파악하느라 정신없이 움직였다.

아직도 사회는 월드 챔피언십 우승의 여파에서 벗어나지 못한 채 축제에 젖어 있었지만 한정유와 일행은 그런 분위기에 편승해서 시간을 보낼 여유가 없었다.

급속한 변화.

20년 동안 지속되어 왔던 흰색 던전이 끝나고 푸른 던전이 나타난 지 불과 3개월.

길드의 연구처럼 중력이 안정화되면서 던전의 색깔이 변하는 것이라면 푸른 던전 역시 20년은 지속되어야 하는 게 맞는 거 아닌가?

그런데 불과 3개월 만에 다시 색깔이 변하고 있으니 이건 길드의 예상과 추측에 뭔가 문제가 있다는 걸 의미했다.

"녹색 던전으로 진화하면서 하급 헌터 희생자가 벌써 50명이 넘었어. 골든헌터도 5명이나 죽었고. 이대로 녹색 던전으로 전환되면 점점 희생자가 커질 거야."

"방어선은?"

"저번에 말한 것처럼 길드에선 2교대 방식으로 병력을 늘렸어. 스페셜 마스터들도 상시 대기시키는 중이고. 일주일 전에 와이번이 나타났을 때 스페셜 마스터 2명이 다쳤단다. 아무래도 와이번의 능력이 강화되면서 점점 힘이 달리는 것 같아. 그래도 아직까지는 괜찮아. 병력이 보강되면서 방어선은 뚫린 적이 없거든. 와이번이 동시에 나타나지 않는 한 버틸 수 있을 거야."

"점점 골치 아파지는군."

"우리도 대비해야 돼. 녹색 던전까지는 괜찮겠지만 다른 색깔이 나타나면 길드로서도 총력전을 벌어야 될지 몰라."

당연한 이야기다.

흰색 던전에서 푸른 던전으로 완벽하게 변하기까지 6개월이란 시간이 걸렸다.

하지만, 시간을 뛰어넘어 다시 색깔이 녹색으로 변하기 시작했으니 그 연결 시간은 더욱 빨라질 수 있었다.

"네가 알아서 지원팀을 만들어놔. 우리 길드 통제국은 국민의 안전을 지키는 최후의 보루야. 특별 기동대를 조직해서 길드가 문제가 생기면 즉시 출동할 수 있도록 준비할 필요가 있어."

"그렇지 않아도 그럴 생각이었다."

문호량이 고개를 끄덕이며 당연한 듯 대답했다.

그게 당연한 일일까?

지금 길드 통제국에 있는 병력들은 따지고 보면 문호량의 사병이나 다름없다.

그 옛날 마제 시절 한정유의 수중에 있던 천왕성의 병력과 근본적으로 다르다는 뜻이다.

길드가 해결하지 못하는 상황에서 출동한다는 건 상당한 위험과 출혈을 감수해야 된다는 걸 의미했다.

그럼에도 문호량은 조금의 주저함도 보이지 않았다.

그건 바로 자신에게 말한 사람이 한정유였기 때문이다.

"도철아, 그건 어떻게 되었지?"

"지금 파보는 중이야. 엔도 쪽에 사람을 붙여놨어. 놈이 입원한 병원에 오는 놈들은 샅샅이 훑고 있는 중이다."

"꼬리가 짧은 놈들이라 조심해야 돼. 놈들이 진짜 사도련과 직접적으로 관련이 있다면 요원들이 다칠 수 있어."

"걱정 마. 그런 쪽엔 특화된 요원들이니까 잘할 거야."

듣고 있던 남정근이 나선 건 김도철이 자신 있는 얼굴로 대답했을 때였다.

그의 얼굴은 어느새 침중하게 변해 있었다.

"한 국장, 사도련이 정말 일본 쪽과 관련 있는 게 드러나면 어쩔 셈이야? 일이 무척 복잡해 질 텐데?"

"복잡할 거 없습니다."

"복안이 있나?"

"하나씩, 철저하게 까발려서 때려잡을 생각입니다."

"사회적인 문제로 비화될 수 있어. 시합 때 인터넷에서 활동한 것만 봐도 한두 놈이 아니야. 더군다나 일본과 관련되어 있으니 국제적인 관계까지 생각해야 돼."

"난 그런 거 모릅니다."

"이 사람아. 자넨 대한민국 길드를 책임지는 통제국장이야!"

"일본과 사도련이 관련되어 있다면 더욱 그냥 둘 수는 없죠. 남의 나라에 와서 온갖 못된 짓을 한 놈들이 무슨 낯짝으로 주둥이를 놀린단 말입니까."

"현대 시대는 국가가 보유한 헌터의 숫자와 능력에 의해 역학 관계가 형성되네. 그런 면에서 봤을 때 일본은 우리나라보다 훨씬 강하다는 걸 잊으면 안 돼."

"그래서 하겠다는 겁니다. 예전에는 그랬을지 모르나 이제 대한민국에는 제가 있습니다. 어떤 놈이라도 까불면 죽습니다. 그건 일본이 아니라 일본 할아비가 와도 마찬가집니다."

그 후로도 몇 가지를 더 상의했지만 중요한 일들은 전부 끝냈기에 김도철과 문호량이 먼저 자리에서 일어났다.

　그들은 맡은 일이 바빴기 때문인지 뒤도 안 돌아보고 국장실을 빠져나갔지만 남정근만은 쭈뼛대면서 여전히 엉덩이를 붙이고 있었다.

　"본부장님, 왜 그러십니까. 화장실 급하면 얼른 가보세요."

　"한 국장……."

　"또 이러신다. 그렇게 부르지 말라고 했잖아요. 그런 목소리로 부르면 소름 돋는다니까요."

　"부탁이 있네."

　"돈 필요하십니까?"

　"그런 거 말고."

　"그럼 뭔데 그러세요?"

　"자네, 정말 텔레비전에 출연하지 않을 텐가?"

　질문이 묘하다.

　이런 질문은 텔레비전에 출연해 달라는 뜻이다.

　그랬기에 한정유는 황당한 표정으로 남정근을 빤히 쳐다봤다.

　월드 챔피언십에서 우승한 후 수많은 방송국이 갖가지 인연을 동원해서 프로그램에 출연해 달라는 요청을 해왔지만 수락한 적이 없었다.

방송국에 나가 광대처럼 앉아 있는 게 싫었다.

예전에는 어쩔 수 없이 나간 적이 있으나 이젠 그런 짓을 하지 않아도 당당하게 살 수 있게 된 이상 다시는 그런 짓을 하고 싶지 않았다.

"다른 사람은 몰라도 본부장님이 그런 소릴 할 줄은 몰랐군요. 누구 부탁입니까?"

"후배 놈이 예전에 자네가 출연했던 '오늘의 영웅' PD를 맡고 있어. 웬만하면 거절했을 텐데 이놈이 얼마나 살려달라고 징징대던지……."

"제가 텔레비전에 나가는 걸 싫어한다는 거 잘 알면서 그러십니까."

"알아, 그 자식 부탁을 그냥 씹으면 내가 양심에 가책이 느낄 것 같아서 꺼내본 거야. 면피용으로."

"똑똑하십니다."

"미안해. 싫어한다는 거 알면서 괜한 말을 꺼냈구만. 신경 쓰지 마. 자, 그럼 난 나가보겠네."

남정근이 불끈 일어섰다.

전혀 야속하다는 얼굴이 아닌 걸 보면 정말 면피용으로 꺼냈던 말인 것 같았다.

그 모습을 보면서 한정유가 풀썩 웃었다.

정말 대책 없는 사람이다.

"대신, 그럼 나도 부탁 하나 하죠."

"무슨 소리야?"

"텔레비전에 출연할 테니까 본부장님도 내 부탁 하나 들어달란 말입니다."

"뭔데?"

돌아서서 나가던 남정근이 펄쩍 뛰면서 다시 소파로 돌아왔다.

그는 정말 놀란 표정을 짓고 있었는데 자신의 부탁을 들어줄 거라 생각하지 못했던 것 같았다.

오죽 싫어했어야지.

아무리 오랜 인연을 가졌다 해도 방송국에 가는 걸 죽기보다 더 싫어하는 한정유가 부탁을 들어줄 리 만무했기 때문이다.

"우리 부모님께 카페를 차려 드릴 생각입니다. 잠실에서 가장 목 좋은 곳에 가게를 알아봐 주세요. 돈은 얼마가 들어도 상관없습니다. 가게는 한 이백 평 정도 되면 좋겠고, 인테리어는 최고급으로 치장할 생각입니다. 어때요, 상부상조. 괜찮죠?"

"그거야… 알았네. 내가 직접 처리하지. 그런데 자네 정말 괜찮겠어?"

"뭐가요?"

"텔레비전 알레르기 괜찮겠냐고?"

"전 본부장님 부탁이라면 뭐든 들어줍니다. 목숨 달라는 거

빼고요."

"흐으… 하여간, 자넨 가끔가다 사람 감동시키는 재주가 있어."

한정유는 방송국에 출연하겠다는 말을 들은 후 날아갈 듯 국장실을 빠져나가는 남정근의 뒷모습을 보면서 쓴웃음을 지었다.

주고받은 게 아니다.

가게를 구하고 치장하는 건 한정유가 지시를 내리면 대신할 사람은 수도 없이 많다.

산전수전 다 겪은 남정근이 어찌 그걸 모를까.

그래서 저렇게 좋아하는 거다.

남정근이 나간 후 얼마 지나지 않아 김가은이 문을 열고 들어왔다.

오늘 따라 더 예쁘다.

하얀 블라우스에 검정색 원피스를 받쳐 입은 그녀의 모습은 지적이었고 세련의 극치를 보여주고 있었다.

그런데 뭔가 이상하다.

사무실에 들어 온 그녀는 남정근과 비슷한 표정을 짓고 있었는데 뭔가 하고 싶은 말이 있는 것 같았다.

이번엔 또 뭘까?

김가은도 방송국 출연 때문에 부탁을 받고 들어온 거라면 자신은 어쩌면 다음 주 내내 여의도에 있어야 될지 모른다.

"가은 씨, 나한테 할 말 있어요?"
"역시 귀신이네요.
"어떤 방송국입니까?"
"방송국이라뇨?"

이크, 방송국이 아닌 모양이다.
그럼 뭔데 저런 표정을 짓고 있는 걸까.

"요즘 날 방송국에 팔아 먹으려는 사람들이 많아서요. 다행히
가은 씨는 그런게 아닌 것 같네요. 그럼, 우리 가은 씨는 나에게
어떤 말을 하고 싶길래 그런 표정을 짓고 있을까?"
"우리 집에 가요."
"뭐라고요?"
"우리 부모님이 정유 씨를 너무 보고 싶어 해요. 지금까지는
잘 버텨왔지만 더 이상은 무리예요. 이번에도 정유 씨를 데려 오
지 않으면 쫓아낸다고 하네요."

아이고, 이건 방송국에 출연하는 것보다 더 큰일이 생겼다.
더군다나 김가은의 얼굴 표정을 보니 거부했다가는 목숨 줄
이 왔다 갔다 할 게 분명했다.

*　　　　*　　　　*

한성대에 다니는 이기영은 클래식기타 동호회 회원들과 함께 학교 앞에 있는 맥주집을 찾았다.

대학 3년 만에 처음 사귄 여자 친구 윤소영.

그녀가 옆에 있기에 너무나 행복해서 웃음이 멈추지 않았다.

작년 그녀가 신입 회원으로 동호회에 들어왔을 때 눈이 마주친 후 열병을 앓기 시작했다.

그녀의 눈망울을 본 순간 천만 볼트에 감전된 것처럼 움직일 수 없었다.

마치 영혼을 저당잡힌 것처럼 그녀만 보면 행동이 부자연스러워졌고 제대로 입이 떨어지지 않았다.

하지만, 오랜 시간 지켜만 봤다.

어디가 못나서가 아니다.

고등학교 3년 동안, 그리고 전액 장학금으로 대학에 들어온 후에도 미친 듯 학업과 아르바이트에 열중하느라 여자를 사귈 시간이 없었다.

가난한 집안에서 태어났지만 부모님의 사랑 속에서 자라오며 건강한 정신을 키워온 그로서는 당연한 선택이었다.

자신의 힘으로 삶을 개척하고 싶었다.

부모님이 얼마나 힘들게 살고 계신지 너무나 잘 알고 있으니 성인이 된 지금 부모님께 의지한다는 건 상상조차 할 수 없는 일이었다.

사람이 사람을 좋아한다는 건 아무리 막으려 해도 막아지지
않지만 이를 악물고 참았다.
부자님 외동딸이란 그녀의 신분.
자신으로서는 넘볼 수 없는 아이였고 좋아한다는 고백조차
어쩌면 더 스스로를 비참하게 만드는 행동이 될 수도 있었다.

하지만 사람에게는 인연과 운명이라는 게 있는 모양이다.
가슴 한편에 묻어놓은 사랑이 자신도 모르게 불쑥불쑥 솟아
나 그녀에게 전달되는 건 도저히 막을 수가 없었다.

"선배, 나 좋아하죠?"

동호회실에서 빠져나와 아르바이트를 가려 할 때 기다리고 있
던 윤소영이 불쑥 물었다.
대답을 하지 않고 멍하니 서서 그녀를 바라보았다.

"왜 사귀자고 말을 하지 않는 거예요? 도대체 얼마나 더 기다
려야 되는 거냐구요?"

그녀의 눈에 담겨 있는 원망과 용기를 바라보며 참고 참았던
감정이 봇물처럼 터졌다.
그래, 이젠 더 이상 견디지 말자.

공부도 일도 중요하지만 나는 청춘이잖아.

그렇게 그녀를 사귀기 시작한 게 2개월 전의 일이었다.

4학년 선배의 너스레를 들으며 친구들의 놀림 속에서 두 사람은 서로의 눈을 바라본 채 이 순간을 즐겼다.

선배들과 친구들, 그리고 후배들까지 두 사람의 로맨스를 잘 알기에 이런 자리마다 부러움을 숨기지 않고 이기영과 윤소영을 놀렸다.

크르르릉… 크릉, 끼이익…….

먼 곳에서 이상한 소리가 들려온 것은 이기영이 손목시계를 바라볼 때였다.

저녁 9시, 편의점 아르바이트를 위해 자리에서 일어날 시간이었다.

"아악, 살려줘!"

갑작스럽게 창문 밖으로 사람들이 미친 듯이 달리는 게 보였다.

사람들의 웅성거림과 비명 소리.

달리는 대열의 끝 쪽에는 온몸이 피로 물든 모습의 사람들이 나타났다.

벌떡 일어나 창문 쪽으로 다가갔다.

사람들의 뒤를 쫓는 괴물들의 무리.

텔레비전에서 여러 번 봤던 30여 마리의 구흘과 5마리의 키메라가 사람들을 사로잡아 씹어 먹고 있는 모습이 여기저기에서 보였다.

창문 쪽에 모여 있던 사람들이 급히 뒤쪽으로 물러났다.

여자들의 찢어질 듯한 비명 소리가 사방에서 터져 나왔고 남자들 역시 두려움으로 인해 온몸을 벌벌 떨어댔다.

이기영은 무서움에 떨고 있는 윤소영의 손을 잡고 급히 출입구 쪽으로 이동했다.

3마리의 구흘이 창문 쪽으로 다가와 맥주집 안을 훑어보고 있었기 때문이다.

"소영아, 오빠한테 꼭 달라붙어 있어."

"오빠, 나 무서워."

"괜찮아. 곧 헌터들이 와서 우릴 구해줄 거야."

그러길 바랐다.

도대체 왜 괴물들이 도심까지 들어왔는지 이해할 수 없었으나 그동안 해왔던 것처럼 헌터들이 괴물들을 막아줄 것이라 생각했다.

하지만, 헌터들은 보이지 않았고 대신 구흘이 창문을 박살 내며 안으로 들어왔다.

구홀은 최하급 9등급 괴물이라 그동안 사람들은 구홀의 존재를 우습게 생각했다.

인터넷에 올라온 동영상에서 헌터들은 구홀들을 쥐새끼 잡듯 때려잡았기 때문이다.

붉은 눈.

사람보다 더 작은 체구.

그러나 이빨을 드러내며 달려든 구홀들에 의해 건강한 남자 세 명이 순식간에 갈가리 찢겨 나가는 순간 맥주집은 난장판으로 변했다.

구홀은 장난스럽게 남자들을 사로잡아 이빨로 깨물었는데 단박에 머리통이 박살 났다.

모든 사람들이 구홀들을 피해 도망가기 위해 출입구로 몰려들었다.

홀 안이 단박에 아비규환으로 변하고 말았다.

공포.

맥주집에 난입한 3마리의 구홀은 악마가 따로 없었다.

이기영은 구홀들에 의해 사람들이 죽는 걸 보면서 윤소영의 손을 잡고 전력으로 출입구를 빠져나갔다.

밖에도 수많은 괴물들이 있지만 그냥 있을 수는 없었다.

창문을 통해 3마리의 구홀이 더 들어오고 있었기 때문이다.

밖으로 나오자 지옥이 펼쳐져 있었다.

여기저기 쓰러져 있는 사람들의 훼손된 시신들.

온전한 시체는 하나도 없었다.

괴물들에 의해 팔과 다리가 잘려 나간 것은 그나마 덜했고 내장이 전부 먹힌 시체들이 즐비했다.

윤소영은 제대로 달리지 못했다.

얼마나 겁을 먹었는지 다리에 힘이 풀려서 뛰는 것 자체가 힘든 상황이었다.

"소영아, 정신 차려. 뛰어야 해. 안 그러면 죽어!"

"오빠, 다리가 말을 안 들어."

"일단 저기까지 가자. 저 골목 보이지? 저쪽으로 돌아서 가면 지하철역이 나와. 심호흡하고 준비되면 말해."

건물 벽에 바짝 붙은 채 자신의 등을 꼭 잡고 있는 윤소영에게 말한 후 고개만 내밀어 거리의 상황을 살폈다.

이제 구홀들의 숫자는 더 불어났고 중간 중간 보이는 키메라에 이어 파이튼까지 나타나 거리를 쑥대밭으로 만들고 있었다.

눈으로 보이는 게 전부 괴물들뿐이었다.

거리에는 사람들이 보이지 않았는데 전부 건물 안으로 도망친 것 같았다.

하지만, 그게 더 지옥을 만들고 있었다.

건물 쪽에서 들려오는 사람들의 비명 소리.

건물 안으로 들어간 괴물들은 모여 있는 사람들을 학살하고 있는 게 분명했다.

그가 가리킨 골목길은 아르바이트를 갈 때 자주 이용하던 곳이었다.

골목길을 이용하면 큰길을 이용하는 것보다 지하철역까지 5분 정도 빨리 갈 수 있었다.

"준비됐니?"

"응."

"전속력으로 달려야 해. 가자!"

거리에 있던 괴물들 상당수가 건물로 난입했지만 도로에는 아직도 10여 마리의 구홀들이 어슬렁거리고 있었다.

그럼에도 다행인 것은 그들이 목적하고 있는 골목길과 상당히 떨어져 있다는 것이었다.

그것도 꽤 거리가 떨어져 있었으니 20m 떨어진 골목길까지 무사히 갈 수 있을 것 같았다.

이기영은 윤소영의 손목을 잡은 채 미친 듯이 뛰었다.

제발 구홀들이 자신을 보지 않길 간절히 기도하면서.

"캬오!"

골목길을 5m 남겼을 때 멀리서 구홀의 울음소리가 들렸다.

뒤를 돌아보자 거리에 있던 구홀 중 한 마리가 이쪽을 바라보며 흉포한 울음을 흘리고 있었다.

그것이 신호였을까. 가장 가까운 쪽에 있던 2마리의 구홀들이 먼저 달려왔고 처음 울음소리를 낸 구홀까지 뛰기 시작했다.

빠르다.

짧은 다리였음에도 불구하고 구홀들의 뛰는 속도는 성인 남자의 달리기 속도와 거의 비슷했다.

놈들이 뛰어오는 걸 확인한 이기영이 뛰는 속도를 높였다.

아직 놈들과의 거리는 50m.

충분히 빠져나갈 수 있다는 판단이 들었다.

"헉, 헉. 소영아, 힘내!"

이기영이 자꾸 뒤쳐지는 윤소영을 보면서 악을 썼다.

체력이 약한 윤소영은 300m 정도 전력으로 질주하자 체력이 버티지 못하고 속도가 늦어졌다.

다가오는 구홀들.

아직도 지하철역까지는 200m가 남았음에도 그녀의 체력은 바닥을 드러내고 있었다.

버리지 않는다.

내가 죽는다 해도 사랑하는 이 아이를 버리지 않을 것이다.

50m를 더 달리자 이제 윤소영은 뜨거운 숨결을 내뱉으며 허리를 부여잡았다.

그녀를 둘러멨다.

비록 자신도 지쳤지만 그녀를 두고 갈 생각은 조금도 없었다.

이제 남은 거리는 150m.

멀리서 보이는 지하철역은 평온했다. 사람들은 보이지 않았지만 괴물들 역시 보이지 않았다.

살 수 있다. 저기까지만 가면.

윤소영을 업은 채 이를 악물고 미친 듯 달렸다.

숨이 목구멍까지 차올랐고 얼굴은 붉어질 대로 붉어져 화끈거렸다.

다리에 힘이 빠져 천근처럼 무거워져 마치 돌덩이를 매달아 놓은 것처럼 느껴졌지만 이기영은 걸음을 멈추지 않았다.

앞으로 30m.

제발, 쫓아오지 마. 우릴 그냥 내버려 둬!

희망이 점점 절망으로 변해갔다.

뒤쪽에서 다가온 구홀들은 이제 3m까지 다가온 상태였다.

눈물이 나왔다.

거의 다 왔는데 지하철역을 가로막은 채 추가로 나타난 2마리의 구홀이 마치 자신을 비웃는 것처럼 붉은 눈을 희번덕거리고 있었다.

　한정유는 김가은의 집에 도착해서 식사를 한 후 본격적인 심문을 받기 시작했다.

　어느 정도 알고 있을 텐데도 부모님과 앞으로 처제가 될 아가씨들의 심문은 끝이 없었다.

　거침없이 살아왔지만 이런 자리는 부담스러울 수밖에 없었다.

　예의 바르고 침착하게 묻는 질문마다 최선을 다해 대답했다.

　언제나 처음이라는 건 사람의 인상을 결정짓는 가장 중요한 자리가 된다.

　다행스럽게 여동생들의 재치로 자칫 어색할 수도 있는 자리를 면할 수 있었다.

　자신을 바라보는 시선에서 선망과 존경이 샘솟듯 솟아나 무슨 말을 해도 깔깔 웃어줬기 때문에 시간이 지날수록 분위기가 밝아졌다.

　품 안에 넣어두었던 핸드폰이 맹렬하게 울기 시작한 것은 식사 후 가져온 커피 잔이 깨끗하게 비워질 때였다.

　마침 김가은의 아버지가 질문을 하는 순간이었기에 웬만하면 받지 않으려 했지만 번호를 확인하곤 바로 통화 버튼을 눌렀다.

날아온 전화번호가 국가 통제국의 비상상황실이었기 때문이다.

"국장입니다."

"국장님, 큰일 났습니다. 지금 한성대에서 던전이 열려 사상자가 천 명이 넘고 있습니다."

"그게 무슨 말입니까!"

공손하게 앉아 있던 한정유가 자리에서 벌떡 일어났다.

전혀 상상치 못했던 상황.

사상자가 천 명이 넘었다는 건 괴물들이 도심으로 쏟아져 나왔다는 걸 의미하는 것이다.

"비상 시스템에 감지되지 않았습니다. 더군다나 한성대 뒷산에서 열려 도심과 너무 가까웠습니다."

"길드는?"

"제5파티가 막고 있지만 최악의 상황입니다. 와이번이 다섯 마리나 출현했고 헬하운드의 숫자가 확인된 것만 15마리나 됩니다. 더군다나 전국적으로 동시에 6개의 던전이 열려 현재 거의 모든 길드가 출동한 상태입니다. 길드에서 추가 투입을 위해 긴급소집령을 내렸지만 아무래도 시간이 걸릴 것 같습니다."

"통제국 쪽은 어떻게 조치하고 있습니까?"

"문 국장님께서 현장으로 출발한다는 연락이 왔습니다."

"알겠습니다. 나도 곧 가죠."

통화를 끝내는 순간 김가은이 윗옷을 내밀었다.

정말 현명한 여자다.

금방 상황을 파악하고 조치를 취하는 걸 보면 아내로서는 물론이고 비서실장으로도 제격이다.

"죄송합니다. 비상 상황이 발생해서 이만 가봐야 될 것 같습니다. 나중에 다시 찾아뵙고 다시 인사드리겠습니다."

현장으로 가는 동안 뉴스를 켜자 난장판으로 변한 도심이 눈으로 들어왔다.

화면은 계속 흔들리고 있었는데 기자들이 목숨을 걸고 찍는 것 같았다.

거리를 활개 치며 돌아다니는 괴물들.

구홀이 가장 많았고 키메라와 파이튼, 심지어 살라멘더와 스켈레톤의 모습도 보였다.

그에 맞서 싸우는 사람들.

복장을 보니 OR 병력들이었다.

금방 상황 파악이 되었다.

길드 병력이 쳐놓은 방어선은 던전에서 쏟아져 나온 상급 괴물들 때문에 뚫린 게 분명했다.

100여 명의 OR 병력들이 괴물들을 막고 있었으나 피해가 속출하고 있었다.

당연한 일이다.

던전이 녹색으로 진화하면서 괴물들의 능력이 3배나 증폭되었기 때문에 OR 병력으로는 키메라와 파이튼을 막기도 벅차다.

그런 상황에서 살라멘더와 스켈레톤까지 나타났으니 피해는 눈덩이처럼 불어나고 있었다.

그나마 다행스러운 건 뒤늦게 문호량의 모습이 보였다는 것이다.

그의 뒤로는 70여 명의 통제국 요원들이 따르고 있었는데 현장에 투입되자마자 거침없이 괴물들을 도륙하고 있었다.

도착한 도심의 몰골은 처참한 지경이었다.

셀 수 없는 시체들.

도대체 이런 일이 생겼다는 게 믿겨지지 않았다.

던전이 열릴 때는 비상 시스템이 감지해서 길드가 미리 출동하는 체계가 구축되어 있었는데, 그것이 말을 듣지 않았다.

상황실 요원의 보고에 따르면 전 길드가 한성대에서 발생한 던전의 신호를 감지하지 못했다고 한다.

시스템의 오류인지 아니면 던전의 기파가 변한 것인지 알 수 없으나 그 결과는 너무 참혹했다.

더군다나 도심에서 던전이 열리다니.

그동안 모든 던전은 산에서 열렸고 도심에서 열린 적은 한 번도 없었다.

문호량과 대원들이 도심 곳곳에서 날아다니며 괴물들을 처리하는 걸 잠시 지켜보다 한성대 쪽으로 이동했다.
　와이번이 5마리에 헬하운드가 15마리이면 청명 길드가 이끄는 제5파티 역시 막대한 피해를 보고 있을 게 분명했다.

『마제의 신화』 5권에 계속…

이제부터 전자책은

이젠북

www.ezenbook.co.kr

새로운 세계가 열린다!

김재한 『성운을 먹는 자』　철백 『대무사』
니콜로 『마왕의 게임』　가프 『궁극의 쉐프』
이경영 『그라니트:용들의 땅』　문용신 『절대호위』
탁목조 『일곱 번째 달의 무르무르』　천지무천 『변혁 1990』
강성곤 『메이저리거』　SOKIN 『코더 이용호』

이름만 들어도 황홀할 정도의 별들의 향연!
이들의 "유료연재"가 시작됩니다!

검색창에 **이젠북**을 쳐보세요! ▼

초대형 24시 만화방

신간 100%, 샤워실, 흡연실, 수면실(침대석), 커플석, 세탁기 완비

■ 광명 광명사거리역점 ■

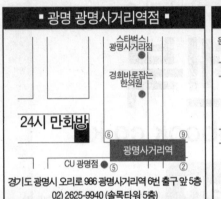

경기도 광명시 오리로 986 광명사거리역 6번 출구 앞 5층
02) 2625-9940 (솔목타워 5층)

■ 강북 노원역점 ■

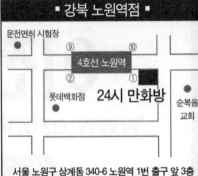

서울 노원구 상계동 340-6 노원역 1번 출구 앞 3층
02) 951-8324 (화용빌딩 3층)

■ 일산 정발산역점 ■

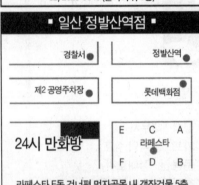

라페스타 E동 건너편 먹자골목 내 객잔건물 5층
031) 914-1957

■ 일산 화정역점 ■

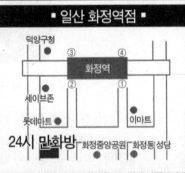

경기도 고양시 덕양구 화정동 984번지 서일빌딩 7층
031) 979-4874 (서일사우나 건물 7층)

■ 부천 역곡역점 ■

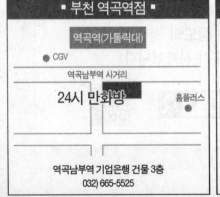

역곡남부역 기업은행 건물 3층
032) 665-5525

■ 부평역점 ■

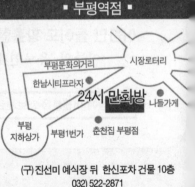

(구) 진선미 예식장 뒤 한신포차 건물 10층
032) 522-2871

MODERN FANTASTIC STORY

강준현 현대 판타지 소설

주무르면 다고침

희귀병을 고치는 마사지사가 있다?

트라우마를 겪은 후 내리막길을 걸어온 한두삼.
그는 모든 걸 포기하고 고향으로 향하게 된다.
그리고 그곳에서 특별한 능력을 얻게 되는데…….

"도대체 나한테 무슨 일이 생긴 거지?"

한두삼,
신비한 능력으로 인생이 뒤바뀌다!

Book Publishing CHUNGEORAM

유행이 아닌 자유추구 -
WWW.chungeoram.com

검선마도

조돈형 무협 판타지 소설

FANTASTIC ORIENTAL HEROES

매화가 춤을 추고 벽력이 뒤따른다!

**분심공으로 생각과 행동을
둘로 나눌 수 있게 된 풍월.**

한 손엔 화산파의 검이, 다른 한 손엔 철산도문의 도가.
그를 통해 두 개의 무공이 완벽하게 하나가 된다.

검과 도, 정도와 마도!
무결점의 합공이 시작된다.

Book Publishing CHUNGEORAM

유행이 아닌 자유추구 -
WWW. chungeoram.com